ENCUBIERTO: JAYDEN

TÁCTICA ÁGUILA LIBRO 4

WILLOW FOX

Encubierto: Jayden

Táctica Águila Libro 4

Willow Fox

Publicado por Slow Burn Publishing

Traducido por danni1993

Corregido por tamazarewsky

v2

Portada de Slow Burn Publishing

Imagen(es) utilizada(s) bajo licencia de Shutterstock.com.

CAPÍTULO UNO

SKYLAR

La música era atronadora a través de los altavoces, lo que hacía difícil escuchar mis pensamientos. No que tuviera mucho sobre lo que pensar.

Tomé un chupito de tequila, seguido de otro más.

—¿Un mal día? —Preguntó el barman.

Su nombre era Jayden. No sabía cuál era su apellido y eso que había estado viniendo al bar bastante seguido. En su mayoría era para sopesar las cosas, lo que en realidad significaba que me estaba escondiendo de mi hermano y su novia. Jayden tampoco estaba mal y disfrutaba verlo después del trabajo, así como de imaginar a nuestros cuerpos entrelazados entre sí, calientes y sudorosos. Era una pena que no tuviera el valor de invitarlo a pasar la noche conmigo. Pero de nuevo, no era como si tuviera mi propia casa.

Lo cierto era que imaginarlo desnudo y a nosotros dos enredados entre las sábanas era un respiro para mi vida aburrida e intrascendente.

——Algo así ——murmuré.

Si bien hoy no fue un buen día, el trabajo en la cafetería era el único trabajo para el que había estado cualificada. Además, nadie parecía estar contratando, y también, necesitaba ahorrar dinero para conseguir un lugar propio en lugar de gastármelo en licor que era demasiado costoso. Pero era más sencillo venir aquí y observar al barman que estaba buenísimo.

Él tenía un no sé qué.

Era oscuro y misterioso.

Tenía tatuajes cubriéndole los brazos, los cuales sobresalen debajo de su camiseta negra.

—¿Son reales? —Pregunté y señalé a la tinta en sus brazos.

Necesitaba tener más amigos.

Mi hermano tenía un montón de tatuajes, pero yo no tenía ninguno y era un lienzo en blanco. No podía apartar la mirada de los brazos de Jayden.

—No, paso cada mañana dibujándome garabatos en mi piel con un marcador permanente para impresionar a las damas.

Era bastante sarcástico.

Tomé mi chupito y le hice un gesto para que me sirviera otro.

Él alcanzó la botella de tequila y vertió el líquido de color ámbar en un vasito.

—Sabes, Skylar, solo podrías invitarme a salir si quieres verme. No tienes que venir al bar cada noche luego del trabajo.

Extendí los brazos en la barra y bajé la cabeza hacia ellos, de cara a la barra.

Un gemido incómodo se escapó de mis labios.

——¿Qué fue eso? ——Preguntó Jayden, riéndose entre dientes——. ¿Te avergoncé?

Él no sonaba ni un poco arrepentido.

Apuesto a que él coquetea con todas las clientes, lo que sea para lograr una mejor propina. Probablemente le funcionaba también. Él era atractivo, aunque poseía una vibra oscura y misteriosa y esa mirada que me daba hacía que se me debilitaran las rodillas. Él era todo un chico malo.

No tenía que alzar la mirada para saber que tenía una gran sonrisa presumida estampada en la cara. Suspiré pesadamente y alcé la cabeza para mirarlo.

——¿Están contratando gente aquí?

Necesitaba un trabajo donde pudiera ganar lo suficiente así podría rentar un lugar o comprarlo, eventualmente. Gastaba todo mi dinero en reparaciones para el auto, el seguro y en alcohol. Quizás estaba saliendo demasiado.

——No en el bar... ——Su voz se desvaneció.

Eso llamó mi atención.

—¿Pero conoces de un lugar que sí?

Él alcanzó el vasito de tequila vacío y se lo llevó, sin volver a llenarlo con más alcohol.

—¿Jayden?

Él dio un vistazo alrededor antes de acercarse más.

¿Qué le preocupaba?

Había unos cuantos clientes en el bar, pero había mucho ruido y era difícil escuchar algo sobre la música retumbante.

—Ven conmigo a la parte de atrás. —Jayden le hizo un gesto a otro miembro del personal para indicarle que iba a tomar un descanso.

Seguí a Jayden a través del pasillo oscuro para luego salir a través de la puerta trasera del bar.

La música fuerte desde detrás de la puerta cerrada parecía lejana. Mis oídos zumbaban.

—¿Conoces de un sitio donde estén contratando? —Pregunté de nuevo y mi voz salió más alta de lo que pretendía.

Él susurró su respuesta, manteniendo su voz baja y

dejando en claro con su tono que debíamos ser cuidadosos al hablar del tema.

—Necesito a una compañera para un trabajo extraoficial. Se pagará en efectivo.

Me gustaba el efectivo, especialmente si podía evitar declararlo al gobierno.

—¿Cuál es el trabajo? —Pregunté—. No seré un camello. —Había visto suficientes películas como para saber que nunca terminaba bien para el camello.

Además, no tenía la intención de pasar un tiempo tras las rejas.

Jayden resopló entre dientes.

—No tiene nada que ver con drogas, pero si es peligroso.

—Está bien. —Podía manejar el peligro.

Él me observó con su mirada penetrante. Me dio un vistazo de los pies a la cabeza, dos veces.

—No puedes hablarle a nadie sobre el trabajo.

Hice como si cerrara mis labios, tal y como hacía cuando era una niña.

—No te preocupes. No es como si tuviera amigos aquí.

—Eso incluye a tu hermano y a su novia —dijo Jayden.

Moví el peso sobre mis pies.

—¿Conoces a mi hermano?

Eso me hizo sentir un poco incómoda.

¿Qué más sabía él de lo que no estaba al tanto?

Él dio un asentimiento silencioso.

—Vives con él.

—¿Cómo demonios sabes eso? —Señalé a su pecho y le clavé mi dedo en el proceso.

Él solo dio un paso hacia atrás.

—Tu licencia de conducir tiene su dirección en ella.

Oh. Él tenía razón. Había cambiado mi identificación luego de haberme mudado al pueblo.

—Conoces a mi hermano. —Era más una declaración que otra cosa.

¿De dónde se conocían los dos? Nunca los había visto hablar y Jaxson nunca había mencionado a Jayden.

Jayden no dijo nada más.

—¿Puedes ocultarle el secreto o no?

—Él no tiene idea que vengo aquí después del trabajo cada día —dije. Ese era un secreto que ocultaba, junto con una docena o más.

—Hablo en serio, Skylar. Nadie puede saber que trabajas para mí. Será una operación donde estarás encubierta.

Él sonaba como Jaxson cuando hablaba de su empresa *Eagle Tactical.*

—Por favor, no me digas que trabajas para mi hermano. —No estaba segura de poder manejar esa noticia.

—No, y no puedo decirte para quién trabajo, así que hazme un favor y no preguntes —dijo Jayden.

—Está bien.

Él debía trabajar para la C.I.A. o alguna otra agencia.

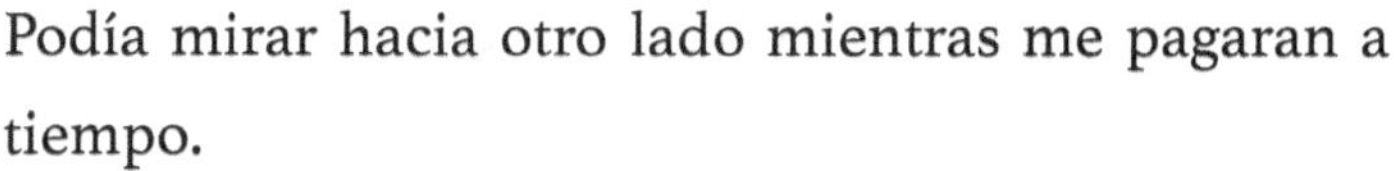

Podía mirar hacia otro lado mientras me pagaran a tiempo.

—¿De qué se trata el trabajo? —Pregunté—. ¿Qué necesitas que haga?

—Quiero que te cases conmigo —dijo Jayden.

Tosí, sorprendida por su preposición.

—¿Perdón? Es una locura.

Él no podía hablar en serio. No me iba a casar con él por dinero u otra razón.

—Relájate. Es parte del trabajo. Necesito que publiques fotos de nuestro compromiso en tus redes sociales —dijo Jayden—. Te conseguiré un anillo. Lo haremos parecer oficial. Necesitamos llamar la atención de mi jefe. Él ya no confía en mí y necesito que él muestre interés en ti.

Bien, así que tal vez él no era parte de la C.I.A. y su jefe era un poco turbio.

¿Trabajaba para la mafia o para un capo de la droga?

—¿Quieres que tu jefe trate de ligar conmigo porque él pensará que estoy comprometida contigo? ¿Qué clase de jefe imbécil es? —Pregunté.

Esta era una idea terrible.

Jayden se rió entre dientes y suspiró pesadamente. Sus ojos lucían cansados y tenía grandes ojeras debajo de estos.

—No puedo decirte nada más. ¿Estás dentro o no?

—¿Estaría arriesgando mi vida? —Pregunté.

Tenía el presentimiento de quien quiera que sea su jefe, seguro no era un tipo de primera categoría.

Él se contuvo de responder por un momento. ¿Estaba tratando de decidir si debía responder honestamente o no?

—Si. Te pagaré mil dólares a la semana.

Quería más dinero si iba a arriesgar mi vida.

—Quiero el doble.

—Hecho —dijo Jayden un poco demasiado rápido.

Tal vez debí haber pedido el triple.

—Pásate por mi casa mañana después de que renuncies a tu trabajo en la cafetería. Digamos que alrededor de las diez de la mañana. Dame tu teléfono para escribir mi dirección en él.

Él tecleó la pantalla de mi teléfono e ingresó su información de contacto antes de devolvérmelo.

—Recuerda que no puedes decirle a nadie sobre este acuerdo.

—Juro que no lo haré.

¿Quién me creería de todas maneras?

CAPÍTULO DOS

JAYDEN

No había querido involucrar a Skylar. Demonios, no había querido involucrar a nadie en este desastre, pero necesitaba a un infiltrado, o en este caso, a una infiltrada.

¿Podría confiar en la hermanita intrépida de mi compañero del ejército? Jaxson y yo no nos hablábamos.

Bueno, eso no era completamente cierto. Él me había ofrecido un puesto con su equipo de *Eagle Tactical.*

No tuve otra opción más que rechazarlo.

Jaxson no tenía la más mínima idea de mi vínculo con Enzo Ricci. También solía trabajar en ocasiones junto al sheriff Nelson y la unidad especial de los tres condados, pero ni siquiera ellos sabían de mi vínculo con *Don* Ricci. Involucrar a Skylar en el trabajo iba contra todo protocolo, pero necesitaba su ayuda.

Mi trabajo iba más allá que solo acabar con Los Marginados. Casi todos estaban muertos, a excepción de Emma. Ella ahora estaba en prisión, esperando su sentencia luego de declararse culpable.

Tal vez debí haberle agradecido a la mafia por masacrar a mis enemigos, con los cuales tuve que convivir, dormir y pretender ser uno de ellos para ganar su confianza y reunir información acerca de ellos. No fue *Don* Ricci quien asesinó a Los Marginados. Como dice el dicho, el enemigo de mi enemigo…

Se escuchó un golpe firme sobre la puerta de madera.

——Un segundo ——grité y tomé mi arma. No iba a arriesgarme, nunca lo hacía. Me asomé a través de la mirilla y vi la belleza de 1 '57 cm del lado opuesto.

Mis hormonas se descontrolaron con solo darle una mirada. Su camisa tenía un corte en V, que daba pie a su escote y dejaba poco a la imaginación.

Abajo, muchacho.

Ella estaba aquí por el trabajo, no para follarme.

¡Qué lástima!

Destrabé la puerta y me aseguré de que estuviera sola.

La dejé entrar a mi apartamento y metí mi arma dentro de la pretina de mis pantalones.

El apartamento estaba a oscuras. Había dejado las persianas cerradas para asegurarme de que nadie pudiera mirar adentro.

¿Estaba siendo paranoico?

Si, pero tenía una buena razón.

Skylar se cruzó de brazos sobre su pecho. Sus largos mechones caían sobre su cara.

Mientras más la miraba, más irritada parecía.

—Así que, ¿de qué se trata el trabajo? —Preguntó ella.

Crucé la habitación hacia uno de los cajones de la cómoda, tomé la manilla del cajón superior y lo abrí con fuerza. Revisé entre mis medias y agarré el pequeño estuche de joyería.

Se lo lancé a Skylar.

Ella agarró el estuche con torpeza, casi dejando caer el material de terciopelo negro antes de abrirlo.

—¿Estuviste comprometido?

—Es solo algo que mantengo conmigo —respondí. Eso era todo lo que ella obtendría en lo que una explicación se refería—. Necesitamos pasar la tarde juntos y tomarnos un montón de fotos para parecer que estamos felizmente comprometidos de una manera creíble.

Skylar frunció el ceño.

—¿De una manera creíble? ¿No crees que pueda hacer mi trabajo y actuar como si estuviera locamente enamorada de ti?

Solo me encogí de hombros.

—No he visto tus habilidades de actuación. Además, no es a mí a quien tienes que convencer.

Ella se apoyó contra la cama y se dejó caer en el borde de esta.

—¿Me vas a decir por qué estoy haciendo esto? No creí que fueras del tipo que tiene que pagar por una novia para presentársela a sus padres.

No se trataba de eso. En lo más mínimo, pero contuve la lengua.

—No te preocupes. Todo el arreglo es completamente profesional.

Skylar frunció los labios y le dio una palmadita a la cama junto a ella.

—No tiene por qué serlo.

¿Me estaba poniendo a prueba? Enzo esperaría que hubiera algo de intimidad entre nosotros si éramos vistos juntos, pero no había planeado que eso sucediera.

Lo cierto era que mi plan era una mierda en el mejor de los casos. Necesitaba que Enzo confiara en mí y él me había estado ofreciendo chicas a diestra y siniestra, mujeres que él pretendía subastar y vender al mejor postor. Eso me enfermaba. Él no me dejaba en paz, así que le mentí y le dije que tenía a una prometida en casa. Lo que significaba que necesitaba a una chica que me respaldara.

Emma estaba en prisión.

No había nadie más después de ella e incluso ella había sido un medio para alcanzar un fin.

Otro trabajo. Uno que se había vuelto complicado. No tenía la costumbre de acostarme con las mujeres que protegía, pero Emma, ella había sido caliente, feroz y se me ofreció. No había sido capaz de decir que no. Ella me había hechizado.

—¿Entonces? —Preguntó Skylar—. ¿De qué se trata el trabajo? ¿Solo tengo que pavonearme por el pueblo para presumir mi ostentoso anillo de compromiso? —Ella deslizó el anillo de diamantes en su dedo anular antes de sacar su teléfono.

Necesitaba que ella se acercara a Enzo. Él aún no confiaba en mí, no completamente.

—Es más complicado que eso. Necesito que recopiles información de Enzo Ricci por mí.

—¿Perdona? —Skylar se levantó de la cama—. ¿No es ese el billonario de apariencia turbia que se acaba de mudar al pueblo? —Su voz se alzó una octava a medida que hablaba—. ¿Acaso es un narcotraficante o algo así? Parece como si trabajara para la mafia.

Al parecer, las noticias viajan rápido.

—Él es mi jefe. Él ya piensa que no confío en él, lo cual es cierto. Pero ese no es el punto. Necesito que recopiles toda la información que puedas sobre las chicas que mantiene cautivas. Estoy buscando a una chica llamada Lexa Clarke.

—Recopilar información. ¿Cómo exactamente y quién es Lexa Clarke? —Preguntó Skylar.

Este no solo era un trabajo peligroso. Era un estilo de vida y no era uno con el que había querido comprometerme, pero no había otra opción.

—Me vas a acompañar a una fiesta en casa de Enzo. Él ya está entrando en pánico porque el cargamento de chicas que debía llegar se ha retrasado.

—¿Retrasado?

Las chicas no se habían retrasado exactamente. Yo había interceptado el cargamento ya que tenía acceso a la lista de embarque y liberé a las chicas bajo la custodia de los federales. Enzo no sabía que fui yo quien lo traicionó. Si lo supiera, ya estaría muerto. No quería preocupar a Skylar o darle cualquier información que podría ser usada en mi contra después. Era mejor mientras menos supiera.

——No importa lo de las chicas. Lo que importa es que irás conmigo a su casa como mi prometida.

——No entiendo cómo voy a poder recopilar información sobre las chicas que él mantiene cautivas. ¿Ellas van a estar en la fiesta también? ——Preguntó Skylar.

——Lo dudo. Estoy seguro de que él las mantiene en algún lugar de las instalaciones de su propiedad. Probablemente en el sótano o en la bodega.

——Déjame adivinar. ¿Quieres que me escabulla ahí sin ser atrapada? ——Preguntó Skylar.

——Si. Dante probablemente será el que esté custodiando la puerta de acceso, así que puede que necesites coquetear con el segundo al mano de Enzo, Dante.

——¿Segundo al mando? ¿Es parte de la mafia o qué?

No respondí. No iba a mentirle. Pero si, Enzo era el jefe de la mafia italiana que había tomado posesión de la mayor parte de la costa oeste y se había expandido en las afueras. Ellos traficaban armas, drogas y mujeres.

Skylar suspiró pesadamente.

—Genial.

—Todo lo que tienes que hacer es coquetear con él si te atrapan. Él es un papanatas. Fácil de manipular. No te preocupes.

—¿Coquetear con él? Eso no era parte del trabajo. —Skylar no era una idiota. Quizás yo la había subestimado a ella.

—Él ya no sabe qué hacer con el cargamento de chicas que ha desaparecido. Dante necesita ayuda. Él está desesperado por contentar a Enzo, así que tienes que parecer que estás deseosa de complacer. Él me traicionaría fácilmente solo para agradar a Enzo.

CAPÍTULO TRES

SKYLAR

Me reí de su ridículo plan.

—¿Estás loco? —¿Él quería que me escabullera en una fortaleza de la mafia que era fuertemente vigilada y que coqueteara con el segundo al mando del jefe de la mafia si me atrapaban?

—Sé que estás asustada —dijo Jayden—, pero una vez que obtengamos la información que necesitamos con tu micrófono, te sacaremos de ahí y terminaremos la misión.

Sonaba demasiado fácil.

—¿Qué sucederá cuando ellos vean el micrófono?

Ya sabía la respuesta. Me matarían.

Él puso sus manos sobre mis hombros mientras me miraba, cerniéndose sobre mí.

——Nadie va a encontrar el micrófono. No lo pegaremos a ti con cinta adhesiva como en las películas. Nuestra tecnología es mucho mejor que eso. Te prometo que estarás bien. Entrarás y saldrás de ahí sin contratiempos. No estarás en la fiesta por más que unas cuantas horas.

Hay tantas cosas que podrían salir mal en un par de horas.

——Entonces, ¿por qué renuncié a mi trabajo diurno si esta es una misión que dura una semana? ——Pregunté.

Él no me respondió. Exacto. Él sabía que esto era peligroso e iba más allá que solo asistir a la fiesta.

Tendríamos que mantener la farsa después de la fiesta también. ¿Por cuánto tiempo fingiríamos estar comprometidos? Tal vez Jayden no arriesgaría su vida, pero yo me pondría directamente en las manos de hombres que eran unos monstruos.

Él podría haber querido que esto acabara en una semana, pero hay tantas cosas que podrían salir mal.

Seguía sin entender su loco plan.

—¿Por qué tenemos que fingir que estamos comprometidos? ¿Estás realmente tan desesperado por llevar a alguien a la fiesta?

Tragué el nudo que se formó en mi garganta.

Jayden era un sujeto guapo y fingir que estábamos comprometidos habría sido divertido si él me estuviera invitando a una boda o para darle celos a una exnovia celosa.

Este escenario era peligroso y me asustaba.

—Estarás bien. —Su rostro no mostraba emoción alguna.

¿Qué estaba escondiendo Jayden de mí?

—¿Qué ganas con nosotros estando comprometidos? —Pregunté, ladeando la cabeza hacia un lado. Había más, algo que no estaba viendo.

Jayden rió entre dientes antes de responder.

—He estado tratando de evitar que Enzo me siga arrojando mujeres.

—Pobre, Jayden —me burlé. Cuando él ni siquiera pestañeó por mi comentario, me acerqué más a él.

Él quería que fingiéramos estar comprometidos. Entonces necesitábamos pretender que nos gustábamos. ¿Quizá necesitábamos besarnos para practicar?

Estaba completamente de acuerdo en besarme con él. Él era atractivo y tenía un buen físico. Era evidente que él se ejercitaba regularmente.

Puse una mano sobre su pecho y dejé que se desliza hasta la hebilla de su cinturón.

—¿Quién es Lexa Clarke? ¿Tu novia? —Quería saber quién era la chica que teníamos que salvar.

Jayden aclaró su garganta.

—¿Qué estás haciendo?

—¿No crees que deberíamos saberlo todo el uno sobre el otro? Es decir, ¿qué pasa si nos atrapan al momento que pongamos un pie en la casa de Enzo y alguien me pregunta sobre una marca de nacimiento o un tatuaje en tu piel? —Desabroché su cinturón con mis dedos.

Él tenía un montón de tatuajes en sus brazos. ¿En dónde más tenía tatuajes?

—Eso no va a suceder —dijo Jayden. Su voz ronca y profunda. Él alzó una ceja hacia mí.

—Y, ¿cómo sabes eso? —Aún no lo soltaba—. Me estás arrojando hacia el peligro. Lo menos que podrías hacer es asegurarte de que estoy completamente preparada.

Sus labios descendieron rápido y duro sobre los míos, sorprendiéndome.

Mi mano seguía en la hebilla de su cinturón y la otra se desplazó hasta su cabello para acercarlo y apretarlo más contra mi cuerpo.

Todo mi interior me dolía por el deseo.

Nunca había sentido tal desesperación antes.

Un gemido se me escapó de los labios mientras nos besábamos y él me jalaba más fuerte hacia él, acercándome y apretándome más. Él tenía cierta rudeza que nunca había experimentado antes.

Quería más. Me gustaba mucho.

Jayden se apartó...

—Maldición —murmuró él y dio otro paso lejos de mí como si lo hubiera quemado.

Él actuaba frío y caliente. ¿Qué demonios le pasaba?

—¿Quién es Lexa Clarke? —Pregunté de nuevo, esta vez más alto y con más insistencia.

¿Era esa la razón por la cual evitó que algo más ocurriera entre nosotros? ¿Estaba enamorado de otra mujer?

Esperé a que Jayden me explicara por qué quería que me escabullera dentro de la propiedad de su jefe.

El calor y el fuego de su mirada se redujo.

—Ella es mi sobrina.

El peso en sus palabras cayó sobre mí como si fuera una tonelada de ladrillos. Esa era la última respuesta que me hubiera imaginado.

—¿Qué? —Dije, sin estar segura de que lo había oído correctamente.

—Lexa es mi sobrina. Cerca de dieciocho meses atrás, recibí una llamada donde me decían que mi hermano y su familia habían tenido un horrible accidente automovilístico. Él había llevado a su familia a acampar en una todoterreno y su vehículo cayó por el borde de un acantilado. Lexa fue la única que sobrevivió. Según el reporte policial, ella había estado fuera de la camioneta para guiar a su padre alrededor de la curva cerrada cuando el neumático golpeó un bache y se deslizó fuera de la cornisa de la carretera.

—Dios mío. —Alcé una mano hacia mis labios y cubrí mi boca por un momento.

Jayden pasó una mano por su cabello.

—Y si eso no es lo suficientemente horrible, resulta que ella nunca llegó a Breckenridge. La policía la consideró una fugitiva, así como la División de Servicios de Protección al menor. Sin embargo, yo hice una investigación por mi cuenta y rastreé su paradero hasta una red de trata de blancas que operaba justo a las afueras de donde había desaparecido.

Me desplomé sobre la cama de nuevo.

—Eso es terrible. —Esa pobre chica había perdido a su familia y había sido retenida contra su voluntad, con hombres que probablemente le estaban haciendo cosas horribles.

La expresión de Jayden seguía siendo sombría.

—Lo es. Ella es solo una niña de apenas 15 años. No he sido capaz de rastrear más allá de Enzo Ricci. Cada rastro conduce directamente hacia él. Infiernos, por todo lo que sé, ella ya ha sido comprada y vendida, pero no puedo rendirme. No me rendiré. Me rehúso a dejarla atrás.

Sus ojos se volvieron vidriosos y sus pupilas se dilataron, como si fueran dos perlas negras. Él suspiró pesadamente mientras caminaba de un lado a otro en el apartamento.

Su lugar era pequeño para alguien que podía darse el lujo de pagar 2000 dólares a la semana en efectivo. Era evidente que estaba tratando de mantener un perfil bajo. El trabajo en el bar probablemente era un trabajo extra para que nadie sospechara.

—¿Qué necesitas que haga? —Pregunté.

CAPÍTULO CUATRO

ARIELLA

——Buenos días, Pecas. ——Jaxson me apretó contra su cuerpo bajo las sábanas.

——¿Ya es momento de levantarnos? ——Murmuré con ojos pesados.

Izzie en cualquier momento vendría corriendo a través de la puerta. Si tuviéramos suerte, ella no se subiría a la cama para saltar en ella. Ella había sido muy traviesa últimamente, y si bien había pensado que había extrañado esos años, cielos, estaba bastante equivocada. Jaxson acarició mi piel con su aliento cálido mientras dejaba un sendero de besos por mi cuello y hacia mi escote, sumergiendo su cabeza bajo el cobertor.

Gemí y me moví en la cama para ponerme más cómoda, pero también sabía que esto era una mala idea.

—Jaxson —susurré, mi voz era ronca y estaba llena de necesidad.

—Shhh, tenemos que ser silenciosos —dijo él, recordándome que podían interrumpirnos.

Sumergido bajo las sábanas, sus labios recorrieron cálidamente mi estómago hasta llegar a mi ombligo. Él no se quedó ahí y fue directamente a su objetivo. Me quitó las bragas y dejó un sendero de besos por el interior de mi muslo hasta llegar al destino que había previsto.

Mi anhelo se incrementó debido a sus caricias y mordí mi labio para evitar gemir cuando la puerta de la habitación se abrió.

Oh mierda.

—Jaxson —gemí, tratando de avisarle que su hija estaba a punto de entrar a gran velocidad a la habitación.

Solo fui capaz de decir su nombre.

—¡Ariella! —Chilló Izzie mientras entraba corriendo a nuestra habitación.

Su lengua dejó de hacer magia y yo gimoteé en protesta.

Tenía que enfocarme.

Necesitaba prestarle atención a su hija y también tenía que regañar a Jaxson por no tener una cerradura en la puerta de la habitación.

—¿Dónde está mi papi?

Jaxson salió desde debajo de las sábanas, revelándose a su hija.

—¡Papi! —Izzie saltó a la cama sin invitación—. ¿Qué hacías ahí abajo?

Su sonrisa traviesa no ayudó a que mi corazón se calmara. Él me hacía perder el aliento. Mi corazón latía salvajemente dentro de mi pecho mientras trataba de calmarme.

—Estaba tratando de dormir. Ariella hace mucho ruido cuando está durmiendo —dijo Jaxson.

—¡Claro que no! —Golpeé su brazo juguetonamente—. Estás lleno de mentiras.

Izzie nos miró a ambos y sus ojos se entrecerraron. Ella era la viva imagen de su padre.

—Papi nunca miente —dijo Izzie y se paró en la cama.

—Por supuesto que ella se pone de tu parte —dije, señalando a Jaxson.

Jaxson agarró a Izzie por la cintura y la derribó en la cama para hacerle cosquillas.

—¡Papi!

Me reí entre dientes. No era de extrañar que ella amaba entrar corriendo a la habitación y saltar en la cama. Ella siempre robaba la atención de su papi.

—No eres un mono. —Le recordó Jaxson—. No debes saltar en la cama.

Izzie se removió y rió tontamente antes de que Jaxson se detuviera.

—Está bien —dijo ella, suspirando pesadamente. Sonaba exactamente como su padre.

Me deslicé fuera de la cama. Mi camisón cubría el hecho de que mis bragas estaban enterradas en algún lugar bajo las sábanas. Tendría que buscarlas después.

—¿Tienes planes para esta tarde? —Preguntó Jaxson, dándome un vistazo mientras me dirigía al baño para cepillarme los dientes.

—Harper me invitó a comprar ropa de maternidad y cosas para el bebé. Creo que Hazel irá con nosotras también.

Era domingo, lo que significaba que hoy no había trabajo y estaba deseando relajarme con las chicas por un día. Ya era necesario con el estrés añadido de saber que mi hermana planeaba venir de visita. No había visto a Delphine en meses. Ella finalmente había reservado un vuelo y había decidido quedarse con Jaxson y conmigo en nuestra casa. Ella había insistido en conocer al hombre con el que estaba viviendo y quería asegurarse de que él no era como Ben en lo más mínimo.

—Delphine también llega al pueblo esta noche. Tendré que ir a recogerla del aeropuerto a la hora de la cena.

—Así que, ¿quieres que cocine? —dijo él, bromeando.

Jaxson se sentó al borde de la cama mientras yo me cepillaba los dientes.

—Anoche, en la barbacoa, Hazel me mostró su teléfono.

—¿Ah sí? —No estaba segura de adonde iba con su comentario.

Izzie se sentó sobre su regazo y pasó sus dedos por los tatuajes que le marcaban la piel. Ella parecía aburrida, pero se mantenía entretenida por el momento. Empecé a cepillarme los dientes y salí del baño para escuchar a Jaxson.

—Skylar está comprometida.

Casi escupo la pasta de dientes. Tosí y corrí hacia el lavamanos para escupir.

—¿Estás seguro? —Pregunté. Skylar ni siquiera había traído a un novio en el tiempo que llevaba viviendo con su hermano mayor.

—Ella lo publicó en todas sus redes sociales. ¡No puedo creer que no nos haya dicho nada!

Jaxson alzó a Izzie en sus brazos y se levantó.

Él se dirigió al baño. Los pasos de Jaxson eran pesados contra el piso mientras caminaba de un lado a otro.

Terminé de cepillarme los dientes antes de volver a entrar a la habitación, apoyándome contra el marco de la puerta.

——Evidentemente es una decisión hecha en el calor del momento. Quizás, ¿ella estaba preocupada por tu reacción? ——Dije.

Skylar y Jaxson no estaban muy unidos, o al menos eso era lo que suponía. No parecía haber rencor entre ellos, pero tampoco eran mejores amigos. Era como si no tuvieran nada en común a excepción de los mismos padres.

——¿Qué es comprometida? ——Preguntó Izzie. Ella se movió en los brazos de Jaxson, queriendo que la bajara.

Él la puso en el piso e Izzie salió corriendo de la habitación.

Él siguió a su hija con un suspiro pesado,

seguramente para descubrir en qué problema se había metido ahora.

No conocía a Skylar tan bien. Apenas la veía, a pesar de que ella vivía con nosotros. Por lo poco que había visto, ella me recordaba mucho a Izzie con su actitud despreocupada y mordaz.

Jaxson se apresuró a bajar las escaleras y yo lo seguí unos pasos atrás, esperando hasta que ellos salieran de la habitación para recuperar mis bragas debajo de las sábanas.

Me uní a ellos en la cocina unos minutos después. Jaxson preparaba el desayuno y yo fui hasta él para ofrecerle mi ayuda.

—¿Cómo puedo ayudarte? —Pregunté.

—Lo tengo bajo control —dijo Jaxson encogiéndose de hombros—. Ahora mismo, mantenerme ocupado me hace sentir bien.

Su mandíbula estaba apretada. Sus ojos se estrecharon y se llenaron de determinación mientras medía cada ingrediente que ponía en el tazón de plástico. Esto no se trataba de hacer el desayuno. ¿Se seguía tratando de Skylar?

—Estoy segura que ella pretende decírtelo —dije.

Jaxson resopló.

—Lo dudo. La publicación fue hecha hace más de una semana.

—¿Tal vez ella no sabe cómo decírtelo? Tú eres su hermano mayor. Quizás se siente intimidada —dije y empecé a guardar los platos limpios en la alacena.

Él me dio una mirada.

—No se trata de eso. Conozco a mi hermana y ella se ha vuelto loca. ¡Se va a casar con Jayden!

—¿Quién es Jayden? —Preguntó Izzie.

—¿Qué tal si llevo a Izzie conmigo y con las chicas? Solo iremos de compras más tarde esta mañana. ¿Quizá te dará tiempo de pasar por la cafetería donde tu hermana trabaja y averiguar lo que está sucediendo? Habla con ella.

—Sí, eso es lo que haré. —Jaxson suspiró pesadamente mientras batía la mezcla para los panqueques—. ¿Estás segura de estar bien con lo de ir de compras para el bebé y hacer el *baby shower* para Harper? Lincoln me dijo que te ofreciste a hacerle una fiesta.

—Harper no tiene más amigos aquí —dije, recordándole a Jaxson que Harper había dejado atrás su vida en Los Ángeles para vivir en Breckenridge con Lincoln.

Jaxson y Lincoln eran mejores amigos. Estaba haciendo esto tanto por Jaxson como por Harper. Guardé el último plato en la alacena y me giré para enfrentarlo.

—Además, me gusta pasar tiempo con ella.

—¿Qué hay de Hazel? Ella podría organizar el *baby shower*. Estoy seguro que estará feliz de ayudar a facilitar las cosas si le preguntas.

Jaxson encendió la estufa.

—¿De qué se trata todo esto realmente? —Pregunté. Tenía el presentimiento de que esto se trataba de algo más que no tenía que ver con el *baby shower*.

Él le dio un vistazo a Izzie y se abstuvo de decir algo.

Dudaba que ella siquiera entendiera lo que estábamos hablando.

—Estaré bien. No necesitas preocuparte —dije.

Él vertió la mezcla de panqueques una vez que la sartén se calentó.

—Estoy seguro de que sí, pero ¿es una buena idea? Has perdido a tu hijo.

La cara de Izzie se arrugó y ella tiró de mi brazo.

—¿A dónde se fue?

—¿A dónde se fue qué? —Pregunté, mirando a Izzie.

—¿Olvidaste donde lo pusiste como yo con mi patito de peluche?

Me agaché y le di un abrazo rápido y un beso en la mejilla a Izzie. No quería explicarle esto a ella. Ella era muy inteligente, pero demasiado joven como para hablarle de la muerte de mi hijo.

—¿Qué tal si vas a vestirte mientras tu papi termina de hacer el desayuno? —Pregunté, desviando la conversación del tema.

Izzie se deslizó de mis brazos y salió corriendo hacia las escaleras traseras.

—Estoy preocupado por ti —dijo Jaxson mientras seguía a Izzie hacia las escaleras.

Lo último que quería hacer era hablar sobre mi hijo fallecido. Era un recuerdo que siempre llevaba conmigo, pero del que no quería hablar con nadie. Eso incluía a Jaxson.

CAPÍTULO CINCO

SKYLAR

Era un plan estúpido y yo era una idiota por estar de acuerdo con él, pero necesitaba el dinero. Tampoco le tenía miedo al peligro.

Siempre me metía en situaciones terribles, pero estas usualmente involucraban a hombres que eran unos canallas y demasiado alcohol.

Vestía un vestido corto y negro de lentejuelas y de mi talla que Jayden había traído a casa. Me había estado quedando con él en estos últimos días desde que empezamos a fingir estar comprometidos.

El vestido me quedaba bien, era ajustado y se abrazaba a mis curvas de la manera correcta.

¿Cómo sabía mi talla?

No podía alcanzar el cierre del vestido.

Sostuve el vestido contra mi torso. No tenía tirantes.

—Cierra el vestido —dije e hice un gesto a mi vestido abierto en la espalda.

Jayden se me quedó viendo por un instante, boquiabierto. Ladeé mi cabeza hacia un lado y le sonreí mientras él no dejaba de mirar al vestido que apenas cubría mis atributos.

—¿Me oíste? —Pregunté con voz suave. Podía sentir como mis mejillas se calentaban. Probablemente me estaba sonrojando.

—Vaya, si, levanta tu cabello —instruyó él, tomando un puñado de mi cabello y moviendo mi cuello a un lado.

Jayden se inclinó más cerca. Su aliento acariciaba mi cuello al desnudo. Todo mi cuerpo se estremeció.

¿Iba a besarme?

Alcé la mirada hacia él. Jayden se inclinó más cerca y susurró contra mi oído:

—Levanta tu cabello y cerraré tu vestido.

Claro, el vestido.

Ya había olvidado que esa era la razón por la cual él estaba apretado contra mí. Ya estaba lista para quitarme la condenada cosa y salirme con la mía con él en la cama que estaba a solo unos metros de donde estábamos.

¿Por qué él tenía semejante poder sobre mí?

Sostuve mi cabello para quitarlo del medio mientras Jayden subía el cierre del vestido lentamente. Su aliento acariciaba mi piel en el proceso.

Cerré los ojos, disfrutando del sentimiento de ser deseada.

¿Él me deseaba? ¿O era una actuación?

Él me hacía creer que era real.

Yo no era a la que tenía que convencer de que estábamos comprometidos.

Su toque sobre mí se desvaneció y yo sentí el vacío quemando a través de mí.

Me giré sobre mis pies desnudos y lo miré. Jayden estaba bien vestido, con pantalones negros y una camisa de vestir blanca. Era muy diferente a lo que acostumbraba a usar en el bar.

¿Acaso Jayden trataba de impresionar a Enzo esta noche o a alguien más en la fiesta?

—Te ves bien —dije, encontrándolo irresistible mientras lo miraba de los pies a la cabeza.

—¿Yo? —Jayden me sonrió traviesamente—. Tú luces despampanante. —Sus ojos volvieron a recorrer mi cuerpo, admirando mis curvas.

Habría pensado que estaba demasiado bien vestida si no hubiera visto lo guapo que lucía Jayden. Si él estaba incómodo, no se notaba.

—¿Es una gran fiesta? —Pregunté, sorprendida por el traje caro. ¿Por cuál otra razón habría traído la prenda lujosa?

—Se podría decir —dijo Jayden. Él caminó hasta su cómoda y tomó un medallón de plata en forma de corazón—. Este es el micrófono que necesitas usar.

—Jayden. —Mi voz se trabó en mi garganta.

Su mirada se quedó en la mía.

—Puedes hacer esto. Confío en ti.

Nerviosa ni siquiera alcanzaba a describir el sentimiento de terror que me llenó.

—Está bien.

Él mantuvo su brazo alrededor de mis caderas mientras me presentaba a todo el mundo en la fiesta.

—Ese es Enzo —susurró Jayden en mi oído.

Puse una sonrisa en mi cara mientras sostenía una copa de champaña en la mano y me aferraba a mi bolso de mano con la otra.

No estaba lista para escabullirme e ir en busca de su sobrina o cualquiera de las otras chicas que Enzo tenía cautivas.

Le di un sorbo a mi champaña, esperando que las burbujas calmasen mis nervios.

Enzo era un individuo más grande que Jayden. Jayden era todo músculo. Enzo, por otro lado, sospechaba que comía demasiadas donas de mermelada. Él poseía una nariz puntiaguda y una cabeza grande llena de cabello negro que obviamente estaba teñido. Enzo se dirigió directamente hacia nosotros con una mirada fría y llena de determinación en su rostro. Su mirada escrutadora me hizo sentir incómoda.

Una parte de mí quería huir y correr hacia la puerta principal antes de que él siquiera se presentara, pero no podía moverme.

Mis pies se mantenían pegados al piso en mis nuevos y relucientes tacones de aguja negros.

——Jayden. ——El acento italiano fuerte de Enzo se extendió a través del salón de baile.

Su voz se alzaba por encima de la música que tocaban del lado opuesto del lugar.

Un cuarteto de cuerdas les daba vida a las melodías del momento, de manera vibrante y alegre, pero nadie bailaba. La mayoría de los invitados eran hombres, ciertamente no más jóvenes que Jayden, y unos cuantos eran más viejos con cabello canoso. Todos vestían trajes elegantes.

——Enzo. ——Jayden forzó una sonrisa mientras agarraba el brazo del otro hombre para saludarlo, dándole la bienvenida. Su otra mano seguía apretada alrededor de mi cintura——. Me gustaría que conocieras a mi media naranja, Skylar.

Enzo levantó mi mano hasta sus labios y la besó.

—Es un gusto conocerte.

—El placer es todo mío —dije, forzando una sonrisa.

—Espero que ambos estén disfrutando de la fiesta esta noche. Tengo un regalo especial para tu prometida esta noche —dijo Enzo.

Él sacó un lazo de color rojo y lo ató en mi cabello entre mis rizos y la banda elástica que sostenía mi cabello parcialmente.

Qué peculiar.

Él tenía algo que no podía descifrar.

Su expresión provocó mariposas en mi estómago.

Me rehusé a desviar la mirada mientras Enzo me miraba fijamente luego de ponerme el lazo.

—Es muy amable de tu parte, gracias —dije.

Enzo forzó una sonrisa antes de retroceder un paso y aplaudir.

—Caballeros —anunció él.

La música se detuvo cuando él empezó a hablar.

—Es un honor presentarles esta noche una muestra de lo que tenemos para ofrecer.

Las luces se atenuaron. Una puerta al final del pasillo se abrió y mujeres vestidas con lencería salieron hacia el salón.

Eran una docena de mujeres, escasamente vestidas y con ojos vidriosos puestas en exhibición. Un foco de luz se posó sobre ellas mientras se apiñaban juntas, claramente incómodas.

—Recuerden, si quieren probar la mercancía, les costará —dijo Enzo con una buena carcajada—. Ninguna mujer esta noche está fuera del mercado. Si ves algo que te gusta, ella será tuya para poseerla, domarla y hacer lo que sea que quieras con ella.

Di un vistazo alrededor y me di cuenta que no había más mujeres en la fiesta aparte de las que Enzo Ricci había secuestrado... y yo.

CAPÍTULO SEIS

JAYDEN

Skylar se aferraba a mi brazo. Sus uñas se clavaban en mi piel.

Traté de no hacer una mueca por el dolor repentino. Puse mi mano sobre la de ella y le di un vistazo por el rabillo del ojo. Si bien el plan había sido que ella se escabullera a través de las instalaciones para reunir información, no había esperado que Enzo exhibiera a las mujeres tan descaradamente como si estuviéramos en una subasta.

Enzo estaba a solo unos metros de distancia.

Una sonrisa maliciosa cruzó su rostro. Él chasqueó

los dedos; la música se reanudó y las luces iluminaron el salón de baile.

—Estoy al mando, querida, siempre ha sido así y siempre lo será, especialmente mientras tu prometido trabaje para mí —dijo Enzo y se acercó a Skylar.

Sus ojos recorrieron el cuerpo de ella. Su mirada se fijó en su escote y luego bajó hasta la falda corta del vestido que ella usaba.

—Luce bien en ese vestido, ¿no crees? No sé nada de moda.

—¿Él escogió esto para mí? —Los ojos de Skylar se desorbitaron y se quedó boquiabierta.

Su rostro se volvió pálido.

—Sí, querida —dijo Enzo—. Quería asegurarme de que fueras la atracción principal esta noche.

Enzo tomó a Skylar del brazo y la llevó a través del salón hacia las otras mujeres que se apiñaban juntas y temblando de miedo.

Esto no era lo que habíamos planeado.

¿De dónde Enzo había sacado a una docena de mujeres para el evento de esta noche? Las mujeres que habían sido traficadas y que eran para esta noche habían sido interceptadas. Yo mismo se las entregué a los federales.

Skylar me dio un vistazo por encima de su hombro, rogándome silenciosamente que la salvara.

CAPÍTULO SIETE

SKYLAR

—¿No eres una belleza? —Un hombre de cabello oscuro, mandíbula cuadrada y los ojos más grises que alguna vez había visto, me miraba boquiabierto y como si estuviera desnudándome —. Me la llevo —dijo y le hizo una seña a Enzo con dos dedos.

—¿Disculpa? —Me burlé.

No estaba aquí como una de sus chicas para ser exhibida, o peor, para ser el entretenimiento de la noche. Si bien Jayden había querido que mantuviera un perfil bajo como su prometida, esto iba más alla de lo que estaba dispuesta a hacer. Enzo agarró mi barbilla y jaló mi cara para que me enfrentara a su mirada oscura.

—Ella es pasional y enérgica. Una mujer como esta normalmente te costaría más.

—¡Suéltame! —Me alejé de él solo para que un par de brazos fuertes me tomaran de los hombros para mantenerme quieta.

Por favor, que sea Jayden. Di un vistazo por encima de mi hombro. No era Jayden. Él había sido retenido por dos guardias y un tercero parecía desesperado por callarlo o sacarlo del salón. No estaba segura de cual. La música continuaba a un ritmo frenético. Los violines tocaban notas rápidas y agudas que coincidían con los latidos de mi corazón acelerado.

Lo que sea que Jayden estaba gritando, no podía oírse desde la distancia.

—Ella es terca, pero estoy seguro de que estarás dispuesto a domarla y quebrarla, Ángelo —dijo Enzo, refiriéndose a mí como si fuera un caballo y no una persona.

Era incapaz de huir ya que el gigante detrás de mí me sujetaba en el lugar. Él era monstruoso con manos gigantes y un fuerte agarre, cerniéndose sobre mí. Él pudo haber sido un jugador de baloncesto en otra vida.

¿Cómo había terminado trabajando para *Don* Ricci? Demonios, ¿cómo había sido arrastrada hasta este desastre por unos dólares?

Mi vida valía más que unos dos mil dólares insignificantes.

—No soy tuya para que me poseas —dije, tratando de zafarme del agarre del hombre que clavó los dedos en mis hombros.

Él podría haberme cargado fácilmente para sacarme del salón. Quizás lo haría si no me calmaba pronto.

Las otras chicas observaron cómo me retorcía. Ninguna de ellas se ofreció a ayudarme. Ninguna trató de escapar.

¿Se habían dado cuenta que no podían escapar y por lo tanto no tenía sentido intentarlo? No me iba a rendir tan fácilmente, pero Jayden no parecía ser de mucha ayuda.

Genial.

—Ella es la estrella de la noche, nuestra atracción

principal ——le recordó Enzo——. Puedes tenerla con una condición.

Ángelo prácticamente babeó con la invitación.

——¿Y cuál podría ser? ——Preguntó Ángelo. Él se acercó a mí y yo suprimí un escalofrío mientras el alcohol de su fuerte colonia hacía que mis fosas nasales ardieran.

La bilis subió por mi garganta. Mis manos se convirtieron en puños a mis costados y mis uñas se clavaron en mis palmas, dejando una marca junto con el dolor que sentía. Lo hice para evitar llorar. Ninguno de estos hombres merecía ser testigos del miedo y la inquietud que me quemaba por dentro. No, no me acobardaría delante de ninguno de los bastardos que pensaban que yo no era más que un pedazo de mercancía.

——No te quiero a ti o a ninguno de tus hombres cerca de mi territorio. Nuestro trato se ha terminado.

Ángelo se cruzó de brazos.

——¿Quién dijo algo acerca de poner un pie en tu territorio? Tú fuiste el que nos invitó esta noche; no lo olvides, Enzo.

—Señor. —Un hombre el cual no reconocí se acercó a Enzo y le dio un golpecito en el hombro.

Enzo le dio un vistazo al otro hombre que era unos centímetros más bajo, pero que tenía los mismos ojos, nariz y mandíbula y que fácilmente podría parecer su hermano.

—¿Si, Dante?

Dante. Reconocí el nombre.

Jayden me había dicho que Dante era el segundo al mando de Enzo. Traté de no aparentar tener mucho interés en lo que ambos hablaban. Ellos bajaron la voz y era difícil escucharlos gracias a la música de la banda en vivo.

Enzo asintió firmemente hacia él antes de que Dante se apresurara entre la multitud.

No podía ver hacia donde iba.

¿Jayden se las había arreglado para escapar de los guardias? ¿Él estaba buscando refuerzos? Enzo aclaró su garganta.

—Me disculpo por la interrupción. Como estaba diciendo, nuestra empresa, como estoy seguro que sabes, se está expandiendo y no nos tomamos muy bien que otras familias nos traicionen. Sé de buena fuente que Sergio, tu capo, se robó uno de nuestros cargamentos.

Traté de actuar como si no supiera de lo que estaban hablando.

Pero, ¿un cargamento robado? Solo podía suponer que Enzo se estaba refiriendo a las mujeres que habían sido secuestradas. Si ese era el caso, entonces ¿por qué Jayden había sido expulsado por los guardias y yo me encontraba entre Enzo y Ángelo? ¿Qué demonios estaba sucediendo?

Ángelo alzó una ceja.

—¿Estás acusando a mis hombres de haberle robado a la familia Ricci? Esa es una acusación seria, Enzo.

—Pero tiene fundamento. Traté de darte la bienvenida como a un amigo e invitarte a hacer negocios con mi familia, pero te apareciste en mi pueblo y empezaste a moverte en mi territorio. Breckenridge no es lo suficientemente grande para ambas de nuestras familias —dijo Enzo en un tono amenazante.

—Como el infierno que no.

Ángelo resopló y negó con la cabeza.

Los ojos de Enzo se estrecharon, pero no dijo nada. No todavía.

—No me agradan las amenazas. No me importa si eres *Don* Ricci o un jodido capo.

Ángelo me jaló por el brazo y me jaló fuera del agarre del gigante guardia de seguridad de Enzo.

Traté de liberarme de sus garras, pero él no me soltaba. Quizás sin los guardias alrededor, podría escaparme al momento que me llevara afuera.

¿Era esa una posibilidad real o solo era una fantasía?

Podría luchar contra un hombre.

Estaba jodida si tenía que pelear con un ejército.

El labio superior de Ángelo se curvó a disgusto.

—Ya que me estás amenazando, me la llevo como una promesa hacia ti, *Don* Ricci. No hemos terminado, no estamos ni cerca de hacerlo.

—Mantente lejos de Breckenridge —chasqueó Enzo—. Y quédate con la perra.

Ángelo me arrastró hacia el exterior. Una docena de hombres nos seguía detrás. ¿Estaban con Ángelo o eran guardias de Enzo que nos escoltaban fuera de la propiedad? No podía diferenciar a los hombres, pero ninguno estaba ahí para salvarme.

Ángelo me llevó hasta su camioneta negra, que estaba aparcada cerca de la entrada a la mansión de Enzo.

—¡Suéltame! —Me alejé de él, pateando y clavándole mis uñas, lo que sea que me ayudara a escapar.

—¡Suficiente! —La voz de Ángelo se alzó mientras me daba una bofetada y su dedo agarraba mi cadena. Él me arrancó el collar y lo dejó caer al suelo.

Mi mejilla ardía y pude sentir el sabor metálico de la sangre en mis labios.

—¡Metete! —Ordenó Ángelo.

Uno de los guardias que nos había seguido afuera abrió la puerta trasera de la camioneta.

No me moví. No iba a ir voluntariamente para ponerme en más peligro.

——No ——dije.

No me iba a arrodillar ante nadie, sea el jefe de la mafia o no.

Esta era mi oportunidad, posiblemente la única oportunidad que tenía de escapar.

Ángelo ya se había montado en el asiento delantero y descaradamente pensó que yo seguiría sus órdenes.

Yo no era como esas otras chicas.

¿Tenía miedo? Si, pero lucharía antes de rendirme a sus exigencias.

Me escapé del guardia que probablemente medía 1 '85 cm y corrí tan rápido como me lo permitieron mis pies. Corrí velozmente a través de la entrada de acceso y el césped en tacones de aguja, lo cual no era una tarea fácil.

Me dirigí hacia la arboleda que daba paso al bosque.

¿Cuán lejos podría llegar antes de que me alcanzaran? ¿Se detendrían si lograba llegar a casa o continuarían persiguiéndome?

¡Bang!

CAPÍTULO OCHO

JAYDEN

¡Maldición! Eso no salió acorde a lo planeado.

Enzo me había estado investigando, pero no estaba seguro de por cuánto tiempo.

¿Acaso sabía que Skylar no era mi prometida? Él no había mostrado indicios de saber que no estábamos realmente juntos. ¿Por qué me había sacado de la fiesta? Él no me había ejecutado. Él me habría asesinado a sangre fría si hubiera creído que lo había traicionado. Enzo no era un hombre que perdonara fácilmente. Algo lo había detenido, pero no estaba seguro de qué.

Y Skylar seguía adentro, encerrada junto a mafiosos y degenerados. ¿Qué le sucedería?

Dos guardias fornidos me habían arrastrado pateando y gritando fuera de la casa de *Don* Ricci. Ninguno había dicho ni una palabra acerca de qué demonios estaba sucediendo.

Ellos me echaron fuera y esperaron hasta que me subí a mi auto y salí de la propiedad antes de dejarme en paz.

No podía dejar a Skylar sola con esos hombres.

Yo la había metido en este desastre. Todo era mi culpa.

Salí de la casa de Enzo, solo porque me forzaron a hacerlo, pero no me fui lejos.

Salí de la carretera a la vuelta, asegurándome de que tenía un buen punto de vista, pero también para que sus hombres no pudieran verme fácilmente.

La propiedad tenía cámaras de seguridad en el exterior. No podía entrar sin ser visto y si bien la mayoría de su equipo de seguridad estaba ocupado con la fiesta, aún había unos cuantos guardias vigilando.

Lo que significaba que necesitaba otro plan, uno que no levantara sospechas.

Podría esconderme afuera de la casa del jefe y esperar a que Ángelo DeLuca se fuera. Asumiendo que Skylar sería forzada a irse con él, podría seguir su vehículo cuando él saliera. Pero, ¿qué si ella era arrastrada por las instalaciones y la sacaban por otra salida de la que no estaba al tanto? ¿O qué si se iban junto a otros vehículos, ya sean parte del equipo de DeLuca u otro invitado a la fiesta, y no podía determinar en cual vehículo ella estaba atrapada? Una docena de diferentes escenarios me recorrieron la cabeza y ninguno de ellos terminaba bien para Skylar. Y había fracasado en encontrar a mi sobrina. ¿Qué posibilidad tendría de rescatar a Skylar?

Desabroché un par de botones de mi camisa. Me estaba sofocando.

Mi teléfono sonó en mi bolsillo. Lo saqué y le di un vistazo al mensaje de Dante.

Sé que no te fuiste. Encuéntrame en el puesto de vigilancia en 10 minutos.

¿Era una trampa? Si Enzo me hubiera querido

muerto, Dante habría tenido la oportunidad dentro de la casa.

¿Por qué nos encontramos en el puesto de vigilancia?

Sabía dónde se encontraba. Era donde recogíamos los cargamentos de chicas. Y también estaba el que nunca llegó la última vez, lo cual era extraño considerando el número de mujeres que habían sido obligadas a asistir al evento de esta noche.

¿De dónde demonios habían salido? Le di un vistazo al teléfono una vez más y consideré mis opciones. Si me iba, existía la posibilidad de que no viera a Skylar, pero si me quedaba, ¿quién me aseguraba que la vería marcharse? Mi respiración era errática. Le respondí que estaría ahí y volví a meter mi teléfono en mi bolsillo.

Me metí en mi vehículo y me dirigí hacia el puesto de vigilancia. Me tomaría unos diez minutos llegar adonde Dante quería que nos reuniéramos.

CAPÍTULO NUEVE

SKYLAR

Estaba desesperada por escapar.

Mis tacones estúpidos no me ayudaban a correr por el césped. Me rehusé a mirar hacia atrás, preocupada de que eso podría hacerme disminuir la velocidad.

¡Bang!

Se escuchó un disparo y este me rozó la cabeza.

——Ese fue un disparo de advertencia ——vociferó Ángelo——. Nunca fallo.

¿Estaba bromeando? Había estado bastante cerca de darme con la bala.

Había reducido la velocidad por un momento y me tropecé con mis estúpidos tacones. Eso fue todo lo que estos hombres necesitaron para obligarme a caer en el suelo y cachearme. Sus manos me recorrieron la piel y bajo mi falda por demasiado tiempo.

—¡Suéltenme!

Les tomó a dos guardias, uno a cada lado, arrastrarme hasta la camioneta negra.

—¡No! —Grité y me retorcí, tratando de liberarme.

—¿Quieres que te dispare? —Me preguntó Ángelo junto al auto. Hasta hace unos momentos él había estado sentado en el asiento delantero.

¿Había salido para dispararme? ¿Tenía mejor puntería que sus hombres o él no confiaba en ellos para que hicieran el trabajo? Me arrastraron hasta el asiento trasero.

Ángelo sostuvo la puerta abierta para mí. No tenía mucho que decir en el asunto. Los dos matones pertenecientes al equipo de seguridad se rehusaron a soltarme hasta que estuviera dentro del vehículo.

Ángelo cerró la puerta detrás de mí. Él se subió al asiento delantero y me dio un vistazo.

—No intentes nada estúpido.

Él me mostró su arma, su dedo en el gatillo.

—Tengo muchas ganas de volver a jalar el gatillo.

Mi boca se sintió seca. Apreté los labios y no dije nada.

¿Qué podría decir que haría que me dejara condenadamente en paz?

CAPÍTULO DIEZ

JAYDEN

Accedí a encontrarme con Dante contra mi sentido común. Reconocí al vehículo una vez que llegué al puesto de vigilancia. Tomé la pistola de repuesto bajo el asiento y la metí en la pretina de mis pantalones, bajo mi chaqueta. Su conductor se quedó en el auto mientras Dante salía. Sus ojos me recorrieron de los pies a la cabeza.

—¿Tienes un arma contigo?

No iba a venir desarmado, eso era seguro.

—¿Tú tienes una? —Contrarresté, volviendo la pregunta hacia él. Él estaba armado sin lugar a dudas, y probablemente tenía más de un arma si lo conocía bien.

—No vine aquí para dispararte —dijo Dante. Él alzó las manos en señal de rendición mientras se acercaba a mí.

Los hombres de Enzo ya me habían echado de la fiesta. No quería que también eso incluyera una paliza.

—Estás lo suficientemente cerca. —No confiaba en él o en nadie que trabajara para Enzo Ricci.

—Tu chica, Skylar, está siendo usada como un peón por Enzo. Él no confía en Ángelo DeLuca y tampoco yo —dijo Dante.

¿Por qué me estaba diciendo esto?

El sol cayó en picada sobre la vasta expansión de tierra. No se podía ver mucho desde el puesto de vigilancia, a excepción de los bosques kilométricos abajo.

El sudor goteaba de mi frente gracias al calor agobiante del verano.

—Necesitas ayudarme a sacarla de ahí. DeLuca la va a matar.

El ceño de Dante se apretó.

—Ella será afortunada si eso es todo lo que ese bastardo le haga. Enzo cree que Ángelo está robando a las chicas de nuestra operación.

—Maldición. —No sabía eso.

Había sido el responsable de asegurarme que la recolección de las chicas se diera sin problemas.

Gino, el segundo al mando de Ángelo, así como el capo Sergio, habían sido mis principales contactos con DeLuca. Ambos hombres, con los que había tenido el privilegio de tratar, eran unos desgraciados, pero ni siquiera había considerado que ellos no nos hubieran entregado el cargamento completo.

—¿Tienes evidencia de que DeLuca mantiene a parte de la entrega de Enzo consigo?

—Si el jefe tuviera evidencia, ya habría comenzado una guerra con DeLuca. Él envió a tu chica como una espía —dijo Dante.

¿Skylar tenía alguna idea de lo que estaba haciendo?

—No es posible. —No podía creerlo—. ¡Ustedes la enviaron para que la asesinaran!

¿A qué jugaba Dante? No confiaba en él en lo más mínimo. Habría jurado, por el hecho de que ellos prácticamente le entregaron Skylar a Ángelo en bandeja de plata, que ellos me habían descubierto. ¿Estaba equivocado? ¿Acaso fue un montaje para engañar a Ángelo?

—Necesitamos que DeLuca piense que tú nos traicionaste. Es la única manera en la que vamos a descubrir quién es el verdadero topo que se está robando a la propiedad de *Don* Ricci. —Dante se acercó a mí.

—¿Ella está consciente del arreglo? —Pregunté —. ¿Ella sabe que está trabajando como una infiltrada para *Don* Ricci?

Dante rió entre dientes y se encogió de hombros ligeramente.

—Lo dudo. Si lo hubiera sabido, ya te lo habría dicho y tú hubieras impedido lo sucedido.

Él no se equivocaba. No había manera de que hubiera seguido el plan. Era un suicidio. Agarré a Dante por las solapas y lo acerqué.

—Como Ángelo sospeche que Skylar es una espía,

la va a matar. Cuando eso ocurra, vendré por ti y Enzo.

Dante ignoró mi amenaza.

—Las mujeres son reemplazables. *Don* Ricci está contento con el trabajo que has hecho; no lo decepciones por una chica.

Tiré de mi puño hacia atrás y golpeé fuertemente a Dante en la mejilla.

—Skylar es irreemplazable. Me vas a ayudar a sacarla de allí.

CAPÍTULO ONCE

JAXSON

Entré furiosamente al bar con los puños a mis costados. Mis pasos resonaban contra el piso. No esperé por una invitación mientras iba detrás de la barra a enfrentarme a Jayden.

Lo agarré por las solapas de la camisa y le di la oportunidad de explicarse antes de que le diera una paliza.

—¿Cuándo ibas a decirme que te estabas follando a mi hermana?

No había tenido la intención de que saliera así, tan crudo y condescendiente, pero estaba furioso.

Ellos estaban comprometidos y él ni siquiera había tenido la decencia de mostrarse con ella por el pueblo.

Ni siquiera hubiera sabido que ella se había comprometido si no fuera por las estúpidas redes sociales de Skylar.

¿No planeaba decírmelo? Mierda. ¿Estaba embarazada?

——¿Embarazaste a mi hermana? ——Entonces, al menos él estaba haciendo lo correcto al casarse con ella.

——¡Vaya! ——Jayden me empujó hacia atrás, apartando mis manos de su camisa y su pecho——. No dormí con tu hermana. Cálmate y mantén la voz baja.

Sus ojos parpadearon. Nadie más podría haberlo notado, pero yo había estado en combate junto a Jayden.

Conocería esa mirada en cualquier lugar.

¿En qué diablos se había metido?

——¿Qué demonios hiciste? ——Pregunté. Pasé una mano por mi cabello.

—No te preocupes —dijo Jayden. Se dio la vuelta.

¿En dónde demonios se encontraba Skylar? No la había visto en días.

Usualmente, ella se escabullía en la casa a horas muy tardes, bien pasada la medianoche. No estaba contento por su comportamiento, pero ella no era mi responsabilidad. Skylar era una adulta. Aunque a veces pensaba que le faltaba madurar un poco.

Simplemente no podía ignorar el hecho de que estaban comprometidos.

—Te vas a casar con mi hermana. Si no la embarazaste, entonces tienes bastante que explicar.

Ni siquiera sabía que ellos estaban saliendo. Skylar solo había estado en Breckenridge por un corto tiempo.

¿Cuánto hace desde que conocía a Jayden? ¿Días? ¿Semanas? Dudaba que fueran meses.

—Pasaré por tu oficina en una hora. No deberíamos irnos al mismo tiempo —dijo Jayden.

Él nunca había sido particularmente paranoico.

—¿Crees que alguien te está vigilando?

—Estoy seguro de ello.

Conduje hasta la oficina y esperé a que Jayden llegara. Era un domingo, así que los chicos tenían el día libre y yo tenía el lugar para mí solo.

No estaba seguro si Jayden se aparecería como había prometido, pero el sonido de una puerta cerrándose afuera me sobresaltó, trayéndome de vuelta al presente.

Jayden ni siquiera tocó cuando entró rápidamente a través de la puerta principal.

—No tenemos mucho tiempo hasta que ellos se den cuenta de que apagué mi teléfono y el dispositivo GPS de mi vehículo.

—¿Quién te está siguiendo?

—Eso no es importante —dijo Jayden—. Skylar está en problemas.

Un nudo se formó en mi estómago. Eso era lo último que esperaba escuchar. Pensé que habíamos venido

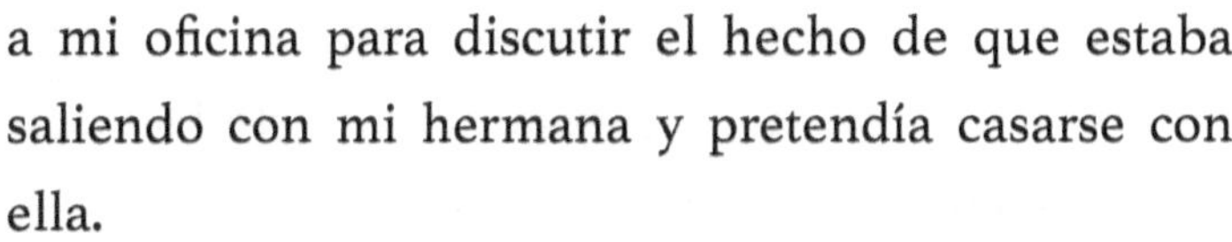

a mi oficina para discutir el hecho de que estaba saliendo con mi hermana y pretendía casarse con ella.

—¿Qué quieres decir con que está en problemas?

—Él necesitaba explicarse. Solo estábamos él y yo aquí. Nadie podría oírnos a diferencia de en el bar —. ¡Explícate ya! —Estallé. Él estaba poniendo a prueba mi paciencia.

—Ella está con Ángelo DeLuca.

—¿Quién demonios es ese? —Pregunté—. Y ¿por qué demonios ella está con él? —Saqué mi teléfono de mi bolsillo.

¿Se suponía que tenía que reconocer el nombre? Porque no lo hacía.

—Puedes llamarla, pero no carga su teléfono consigo. Ella lo dejó en mi apartamento.

Jayden suspiró pesadamente y pasó una mano por su cabello y movió sus pies en dirección al escritorio. Él lucía completamente nervioso cuando me pasó su teléfono.

—Mierda. —Ella no se hubiera ido a ningún lado sin su estúpido teléfono. Ella estaba pegada a esa cosa como si fuera otro miembro corporal——. ¿Qué quieres decir con que ella está con Ángelo DeLuca? ¿Quién demonios es él?

——DeLuca es un jefe de la mafia rival de *Don* Ricci. Ellos habían estado haciendo negocios juntos, pero Enzo cree que DeLuca le está robando.

——¿Qué tiene eso que ver con mi hermanita? ——Skylar trabajaba en una cafetería. Ella no tenía trato con la mafia.

——*Don* Ricci envió a Skylar como espía para averiguar qué ha estado sucediendo.

——¿Qué? ¿Estás loco? Será mejor que estés bromeando. ——Di un paso más cerca, estrechando la distancia entre nosotros.

Estaba listo para sacarle la mierda a golpes a Jayden. ¿En qué condenado problema la había metido? Jayden podría no haber sido el tipo más impecable, pero no parecía correcto que él guiaría a mi hermanita hacia las manos del enemigo.

CAPÍTULO DOCE

JAYDEN

No había querido involucrar a Jaxson. Él era el mayor dolor en el trasero que he podido tener. Lo cierto era que no lo había perdonado por la paliza que me dio en el complejo turístico *Blue Sky* en donde había estado con Los Marginados tomando rehenes.

No estaba de acuerdo con el plan, pero Los Marginados habían planeado ir con o sin mí. Al menos podía asegurarme de que nadie terminaría muerto. Además, tenía que mantener a Emma lejos de los problemas. Eso no había resultado bien.

—¿En dónde demonios está mi hermana?

—No lo sé —dije y lancé mis manos al aire—. Eso es lo que estoy tratando de decirte. Ángelo DeLuca la tiene.

—Dímelo todo desde el principio —exigió Jaxson.

Le conté rápidamente los hechos y como Enzo había estado un paso por delante en la fiesta, haciendo a Skylar la atracción principal.

—Solo puedo suponer que el sujeto a quien contraté bajo mis órdenes ha estado trabajando secretamente con *Don* DeLuca. ¿Por cuál otro motivo los detalles del cargamento siempre coincidían exactamente?

—¿Quién es tu socio? ¿Cuál es su nombre?

Jaxson se frotó la frente. Él lucía completamente furioso.

No que lo culpara. La había cagado espectacularmente.

—Benjamin algo. No sé su apellido.

Él no lo había proporcionado y yo no iba a preguntarle.

La cara de Jaxson se volvió completamente pálida.

—¿Tienes su información de contacto o sabes de una manera en la que podamos comunicarnos con él?

Él no respondía su teléfono.

—Él no responde a las llamadas o los mensajes. —No que esperara que él me respondiera a mí. Me habían sacado de la operación y era una sorpresa que no me hubieran dejado muerto en una zanja de algún lugar.

—¿Por cuánto tiempo Skylar ha estado desaparecida? —Preguntó Jaxson.

—Setenta y dos horas.

CAPÍTULO TRECE

ARIELLA

Harper caminaba con dificultad a través del centro comercial. Posaba una mano sobre su vientre muy embarazado mientras trataba de seguirnos el ritmo.

—Necesito ir a orinar de nuevo —dijo ella.

Harper se dirigió al baño. Hazel, Izzie y yo nos sentamos en un banco cercano.

—¿Crees que ya compramos todo? —Le pregunté a Hazel, sosteniendo las seis bolsas de compras llenas de ropa de maternidad y de bebé para Harper.

Hazel dejó caer las bolsas que ella sostenía en el suelo junto a sus pies.

—Para nada, creo que ella podría comprar otro cargamento de mamelucos y mantas. ¿Crees que a Lincoln le dará un ataque cuando vea la factura?

Lo dudaba. Harper había tenido una carrera lucrativa antes de dejarla atrás por Lincoln y la maternidad.

—Puede que enloquezca al ver la cantidad de cosas que un bebé necesita, pero no es como si esto acabara de suceder. Es decir, ellos compraron una cuna el mes pasado y los chicos ayudaron a armarla.

Aparte de eso, seguía siendo una sorpresa. Harper no había esperado quedar embarazada, y si bien ella y Lincoln estaban emocionados por recibir a un bebé en unas semanas, era algo que no había sido planeado.

—¿Puedo subirme en el cohete?

Izzie señaló a la máquina que se encontraba en un rincón del centro comercial.

Revisé mis bolsillos para ver si tenía monedas para utilizar la máquina.

—Claro. ¿Puedes cuidar de las bolsas?

No esperaba que Hazel las abandonara y desapareciera, pero pensé que aun así debía de preguntarle cortésmente.

—Si, vayan. ¡Diviértanse!

Ella nos hizo un gesto para que nos fuéramos e Izzie salió corriendo hacia el cohete.

Me apresuré a correr tras Izzie. Ella ya se había sentado en el dispositivo y esperaba a que yo metiera las monedas en él. El cohete se iluminó e hizo varios sonidos antes de agitarse incontroladamente, lo que hizo que Izzie estallara en risitas. Ella era fácil de entretener hoy. Harper caminó por el pasillo desde el baño y se reunió con Hazel en el banco. Ella nos saludó a Izzie y a mí antes de sentarse junto a Hazel. Las dos chicas hablaban animadamente, riéndose y chismeando sobre quién sabe quién.

Volví mi atención a Izzie, solo para encontrar que ya no estaba.

El cohete terminó de vibrar y eché un vistazo hacia el otro lado, aliviada de encontrarla tratando de montarse en una motocicleta.

—¡Otra vez! ¿Tienes más monedas? —Preguntó Izzie.

¡La niña me ocasionaría un infarto!

Metí unas cuantas monedas en la motocicleta. La máquina hizo un sonido molesto y los focos delanteros empezaron a emitir una luz en diferentes colores. Di un vistazo alrededor del cohete para ver a Hazel y Harper aún sumidas en su conversación.

—Esta es la última vuelta —le dije a Izzie—. Ya no tengo más monedas.

Ella se quejó e hizo un puchero en protesta.

—*¡Chist!*

Miré detrás de mí.

—¿Skylar?

No había hablado con ella en un tiempo. Ella se había comprometido en secreto y parecía estar en problemas por como lucía. Su cabello lucía sucio y su piel estaba cubierta de suciedad, así como su ropa.

—Necesito que vengas conmigo —dijo Skylar. Ella miró detrás de ella hacia la salida que estaba a unos cuantos metros de distancia.

—Izzie es hora de irnos. —No podía dejarla sola. Necesitaba ir con Hazel y Harper y hacerles saber que algo pasaba con Skylar. Sin embargo, no tenía idea de que se trataba ahora mismo.

—No, eh, solo tú —dijo Skylar.

—No puedo dejarla sola. ¿Qué sucede, Skylar? —Pregunté, acercándome a ella.

—Por favor, es algo de vida o muerte. —Ella salió corriendo lejos de mí hacia la salida.

Mierda.

Tomé a Izzie y la cargué junto a mi cadera mientras corría hacia la salida lateral.

Empujé la puerta para abrirla.

La luz brillante del sol me cegó por un momento.

—Lo siento —susurró Skylar detrás.

Una furgoneta blanca aparcó fuera de la puerta. La puerta trasera se abrió y mi respiración se atoró en mi garganta cuando vi a Benjamin Ryan, mi exesposo, del otro lado y con un arma en la mano.

Traté de alcanzar la puerta del centro comercial, mi vía de escape.

La habían cerrado desde afuera.

—Entra —dijo Ben, apuntándome con el arma para que siguiera sus órdenes.

Bajé a Izzie lentamente al suelo.

—¡Corre! —Le grité, rezando porque me escuchara y buscara ayuda.

No la quería envuelta en mi desastre.

¿Qué hacía Skylar con Ben? ¿Desde cuando se habían convertido en amigos?

Izzie se aferró a mí, rehusándose a correr para salvarse.

Él le quitó el pestillo de seguridad a la pistola y apuntó a la cabeza de la pequeña niña de cabello castaño.

—¡Entra o ella muere!

CAPÍTULO CATORCE

SKYLAR

Correr me había parecido una gran idea hasta que escuché el disparo.

No quería morir. Al menos no hoy...

Escapar parecía ser la única opción ante la explotación a la que me iba a enfrentar. ¿Por qué Enzo nos había traicionado a Jayden y a mí?

Él me había entregado al enemigo sin pensarlo dos veces.

Mis dedos rozaron el lazo que Enzo había atado a mi cabello. Había sido un gesto extraño. Me lo arranqué del cabello. No quería ninguna evidencia de él sobre mí.

Él también me había dado el vestido que usaba.

Mi estómago se hundió. Iba a vomitar.

No podía desvestirme. No tenía nada más que ponerme.

¿Acaso Enzo había tratado de marcarme a propósito? ¿Reclamarme? ¿Demostrarme que le pertenecía?

Solté mi cabello en la parte trasera de la furgoneta, dejando que los largos mechones cayeran alrededor de mi rostro. Dejé caer en el suelo las horquillas y las pinzas.

Encontré dentro del lazo rojo un pequeño mensaje, destinado a que solo yo lo viera.

Obtén información si quieres sobrevivir. Ahora trabajas para nosotros.

Estaba furiosa.

¿Jayden era parte del complot o había sido idea de *Don* Ricci? Jayden no lo había mencionado y él había lucido bastante trastornado cuando había sido retenido y cuando había sido arrastrada en frente de la multitud. Tenía que obedecer cada orden de Don DeLuca si quería sobrevivir, al menos hasta que la ayuda llegase.

¿Alguien vendría y me salvaría? Jayden no era mi prometido, no realmente. Habíamos fingido estar comprometidos para casarnos y eso había durado poco. Tristemente, había durado más que mis relaciones de verdad.

Patético, lo sé.

El plan de respaldo de Jayden en el que tendría que coquetear con Dante ya no tenía sentido. Ángelo DeLuca me había sacado fuera de la casa de Enzo Ricci.

Ángelo me agarró del cuello para recordarme que, si no hacía lo que me ordenaba, sería mejor estar muerta. No podía dejar que nadie viera el lazo. Me lo volví a atar en el cabello, me aseguraría de botarlo apropiadamente después. Nadie podía encontrarlo. Si lo hacían, pensarían que era una espía.

Había estado sola en un sótano frío y mohoso con solo un catre.

Había otras chicas. Las había visto cuando me habían traído al sótano, más allá de los calabozos. Pero no había podido hablar con ninguna de ellas.

El calabozo en el sótano de DeLuca era bastante grande y ellos me habían traído a un área diferente y apartada de las otras chicas que habían sido encerradas juntas. ¿Por qué me habían detenido?

¿Por qué él me mantenía en la esquina más alejada de su calabozo?

Paredes de cemento y barrotes de hierro forjado nos mantenían atrapadas. No había manera de escapar, no sin una llave.

De vez en cuando, podía oír el eco de voces femeninas, pero no podía escuchar lo que decían. Era como si Ángelo DeLuca supiera la razón por la que me habían entregado a él y estaba evitando que cumpliera mi misión secreta.

¿Jayden vendría por mí? ¿Qué hay de Enzo Ricci?

Se escucharon pasos pesados sobre el suelo.

Me senté, esperando a ver quién venía hacia mí. ¿Era la ayuda? No había escuchado disparos o algún signo de lucha.

No parecía probable que Enzo se aparecería y que Ángelo me entregaría a él.

—Pero qué tenemos aquí —la voz de Ángelo llegó a mi celda mientras rodeaba la esquina. Vestía pantalones y una camisa de botones negra. Su cabello oscuro lucía grasoso como si lo hubiera peinado hacia atrás utilizando mucho gel—. ¡Levántate! —Ordenó él.

Me levanté, me crucé de brazos y dudé mientras gradualmente me movía hacia la puerta de la celda.

¿Iba a dejarme ir? Él no parecía ser del tipo que dejaba en libertad a una chica. Él miraba lascivamente cada centímetro de mi cuerpo. ¿Me estaba desvistiendo mentalmente? Tenía sed y si bien mi cuerpo temblaba, esperaba que él no notara mi temor.

—¿Qué quieres conmigo? —Pregunté.

—No, no. —Ángelo negó con la cabeza en reproche—. Yo soy el que hace las preguntas. Tú escuchas.

No le era leal a Enzo o a Ángelo. Solo me importaba sobrevivir.

Se escuchó descender otro par de pasos por el pasillo.

—Sabemos que eres la novia de uno de los socios de Enzo. Lo que no puedo entender es por qué *Don* Ricci te entregó a nosotros como un regalo.

Ángelo abrió la puerta a la celda y entró, dejándola entreabierta.

¿Podría tal vez escaparme por ahí?

—¿Tienes alguna idea del motivo? —Preguntó Ángelo.

El segundo par de pasos se escuchaba más cerca y rodeó la esquina. No reconocía al hombre, no sé por qué pensé que podría.

No era Jayden. No conocía a muchos por aquí. Seguía siendo nueva en el pueblo.

¿Ángelo sabía eso sobre mí? Él ya sabía la misma historia que le habíamos hecho creer a Enzo sobre nuestra relación falsa.

Ángelo dio un paso más cerca cuando no respondí. Me sentía atrapada y mi espalda estaba contra la pared fría de cemento, lo que me dejaba sin un lugar a donde escapar. Él alzó una mano lentamente y acarició mi mejilla con su dedo índice.

—Eres una chica bonita. Incluso pareces ser honesta. —Él rió con tal oscuridad que envió un escalofrío a través de mi espalda—. Puedes pudrirte en esta celda o venir a trabajar para Ben. Él necesita a un socio y yo necesito a más chicas.

Ben se mantuvo en el lado opuesto de la celda con los brazos cruzados.

—¿Estás seguro de esto? —Le preguntó a Ángelo.

—Si ella fue enviada como una soplona, la tendremos trabajando para nosotros y si no fue así, entonces ella me deberá. Le estoy dando una probada de libertad y esta viene con un precio —dijo Ángelo.

Su dedo acarició mi mejilla antes de que agarrara mi

barbilla agresivamente para que mirara a sus ojos fríos y sin vida.

Contuve el aliento.

—Desobedece a alguno de mis hombres y ellos pondrán una bala en tu cabeza. Luego, cazaremos al niño bonito de tu novio —dijo Ángelo.

Él soltó mi rostro y yo suspiré, aunque no sentí ningún alivio, no todavía. Esto estaba lejos de terminar.

—Te quiero de vuelta con tres chicas para la medianoche. Será mejor que sean jóvenes, lozanas y llenas de vida. —Ángelo miró a Ben de manera feroz.

Había algo no dicho entre ellos.

La tensión se sentía en el aire.

¿Se trataba de mí?

—Vamos —gruñó Ben y señaló al pasillo.

Salí de la celda del calabozo y seguí a Ben por el estrecho pasillo sin decir una palabra. Mantuve mi cabeza hacia abajo. No quería estar aquí y estaba malditamente segura de que tampoco quería meterme más en este desastre.

Necesitaba un plan y lo necesitaba rápido.

¿Secuestrar a tres chicas para la medianoche? Si no paraba en la cárcel, entonces iría al infierno.

CAPÍTULO QUINCE

ARIELLA

Izzie se aferraba a mí. La sostuve apretadamente mientras ella me abrazaba y me subía renuentemente a la parte trasera de la furgoneta. Si bien estaba dispuesta a arriesgar mi vida, no estaba dispuesta a arriesgar la de Izzie.

Sabía que ella estaba atemorizada, pero desearía que hubiera hecho lo que le pedí y hubiera huido. Al menos podría haberse salvado ella.

La puerta trasera de salida por la cual me habían sacado, chirrió cuando se abrió.

Hazel y Harper salieron.

¡Mierda!

Abrí la boca para gritarles y advertirles que regresaran adentro para buscar ayuda. Pero ya era muy tarde.

—¡Ustedes dos! —Los ojos de Ben se estrecharon mientras les rugía a ambas—. ¡Entren en la furgoneta! —Les gritó, apuntando a Harper con el arma en su vientre embarazado.

Harper alzó las manos.

—Está bien, está bien. ¡No nos dispares! —Ella se tambaleó hasta la furgoneta blanca. El miedo le cruzó la cara cuando me vio en la parte de atrás sosteniendo a Izzie.

¿Sabía que Harper, Hazel y yo éramos amigas? ¿Qué quería con ellas? Hazel dudó.

—Métete o le disparo a la niña. —Ben movió el arma para apuntarle a Izzie.

Hazel jadeó, pero se subió a la parte trasera de la furgoneta y se sentó junto a mí. Ella puso una mano en mi pierna mientras todas nos hacíamos un ovillo sentadas en el suelo.

Skylar se subió junto a nosotras antes de que Ben cerrara la puerta de la furgoneta de un golpe.

Unos momentos después, el motor cobró vida. ¿A dónde nos llevaba? Si él me buscaba a mí, ¿por qué involucraba a las demás?

—¿En qué demonios estabas pensando? —Le espeté a Skylar cuando ella se sentó en el suelo frente a nosotras.

¿Cómo era que Skylar y Ben eran amigos?

—No tuve otra opción —dijo Skylar y sus ojos se dirigieron al piso metálico del vehículo.

Harper apoyó una mano en su vientre.

—No tiene importancia. Estamos metidas en esta situación ahora mismo. ¿Qué vamos a hacer?

Ben no podía oírnos mientras conducía en el asiento delantero. Lo intenté con la manilla de la puerta, aunque no esperaba que se abriese. Incluso si lo hiciera, ¿qué íbamos a hacer? ¿Saltar de una furgoneta en movimiento? Teníamos a una niña y a una mujer embarazada, así que ese no parecía ser el mejor plan. Saqué mi teléfono del bolsillo. Era evidente que Ben no sabía mucho de secuestros.

Afortunadamente, él no había aprendido mucho desde la última vez que él me había secuestrado.

—¿A dónde nos lleva? —Pregunté en dirección a Skylar.

Ella se sentó con las piernas cruzadas, mordiendo su labio.

Genial. Skylar no nos iba a ayudar.

Marqué el número de Jaxson y traté de llamarlo.

Sonó para luego ir al correo de voz.

¿Era en serio? ¿Qué estaba haciendo que era tan importante? Aunque él no podría saber que fuimos arrojadas a la parte trasera de una furgoneta.

—Jaxson, la loca de tu hermana hizo que Benjamin Ryan nos secuestrara a todas. Estamos en la parte trasera de su furgoneta blanca, y de acuerdo al GPS, nos dirigimos hacia el noroeste. No sé por cuánto tiempo más tendremos nuestros teléfonos. Por favor, llámanos.

—Papi —dijo Izzie, tratando de alcanzar mi teléfono.

Colgué el teléfono.

——Lo siento, cariño, papi no respondió. ——Puse mi teléfono en silencio y lo metí dentro de mis botas.

Izzie temblaba en mis brazos y se aferró a mí aún más. Su abrazo hacía difícil respirar. Le acaricié la espalda suavemente, tratando de calmar su temor. Ya la niña había pasado por mucho durante su corta vida.

Skylar se quedó mirando a Izzie.

——Lo siento. No decidí estar aquí tampoco. ——Su mirada se encontró con la mía——. Sé que crees que Ben es un monstruo. Probablemente creas que yo también soy una, pero ni siquiera te imaginas de lo que *él* es capaz.

——¿Quién? ——Pregunté.

Si no se estaba refiriendo a Ben, entonces ¿quién estaba detrás de nuestro secuestro? ¿Para quién trabajaba Ben?

——*Don* DeLuca ——susurró Skylar.

Apenas pude escucharla y ciertamente no reconocía el nombre. Ella apartó la mirada.

Skylar retorció sus manos antes de enfocarse en sus uñas y quitarse el esmalte de color rosa claro.

—¿Se supone que ese nombre signifique algo para mí? —Pregunté. Miré a Hazel y a Harper. No esperaba que ellas si reconocieran el nombre, pero quizás ellas estaban al tanto de algo que yo no.

—Mierda —susurró Harper.

—¿Qué sucede? —Miré en su dirección. ¿Qué es lo que ella sabe?

—DeLuca trabaja para *Don* Ricci —dijo Harper —. Bueno, decir que trabaja para él no sería lo correcto. Después de que descubrí algo del trasfondo de Enzo, investigué un poco.

—¿Investigaste? —Pregunté.

—Si, contraté a un investigador privado para averiguar con quién me había casado y por qué él había estado en Las Vegas. Cuando vi en las noticias que buscaban a Enzo por una gran cantidad de crímenes, pensé que él era el único jefe de la mafia.

—¿Jefe de la mafia? —Susurró Hazel—. Si ellos se enteran de que mi apellido es Agron, me matarán. —Ella alzó las rodillas hasta su pecho y tenía los ojos desorbitados. Podía sentir como temblaba junto a mí en la furgoneta.

El hermano mayor de Hazel era el jefe de la mafia rusa en Chicago, pero él estaba muerto. No teníamos idea de quien había asumido el poder, pero seguramente Hazel seguía siendo un objetivo de la mafia rusa. Ellos la habían dejado en paz luego de que su prometido, Franco Ivanov, había sido arrestado, pero eso no significaba que ellos no saldrían en busca de venganza si DeLuca tenía tratos en Chicago.

——Resulta que Ángelo DeLuca gobierna la red del estado de Nevada y del suroeste. Ellos son enemigos, o al menos lo eran. Lincoln ha seguido vigilando a Enzo. Él no confía en que él me deje en paz.

Tal vez Lincoln tenía razón y Ben no nos había raptado a nosotras cuatro a causa de mí. Eso no me hacía sentir ni un poco mejor.

¿Podría ser que *Don* DeLuca esté tratando de llamar la atención de *Don* Enzo utilizando a Harper? ¿Él pensaba que el bebé era de Enzo?

——¿Qué hacemos? ——Pregunté, mirando de Harper a Skylar.

Skylar volvió a desviar la vista al suelo.

—No puedo ayudarte. *Don* DeLuca esperaba a tres chicas para la medianoche. No tenía otra alternativa —susurró. Su voz sonaba tensa, como si estuviera luchando contra las lágrimas.

Nunca había visto llorar a Skylar. Ella era malhumorada y difícil, emocional al punto de la irritabilidad. Me llenó de preocupación ver a Skylar de esa manera que nunca había visto antes.

El vehículo se detuvo abruptamente. El motor se apagó. ¿Por qué nos deteníamos?

Quería agarrar mi teléfono y mirar al GPS para averiguar nuestra ubicación, pero la puerta de la furgoneta chirrió y se cerró de golpe.

Ben estaba en camino. En cualquier segundo, él abriría la puerta de la furgoneta y no podía arriesgarme a que él descubriera mi teléfono.

Ben jaló la manilla y abrió la puerta trasera de la furgoneta.

—¡Bajen! —Ordenó él, apuntándonos con el arma.

—Quiero irme a casa —dijo Izzie, abrazándome más fuerte.

Ella ya se encontraba en mis brazos, pero su agarre en mí no parecía ser suficiente.

—Lo sé, pequeña. —Yo también quería irme a casa.

Entregaría mi vida para proteger la de Izzie. Ella se había convertido tanto en mi hija como en Jaxson.

CAPÍTULO DIECISÉIS

JAXSON

¿Cómo demonios pude haberme perdido su llamada? Escuché su mensaje una y otra vez. Podía escuchar el miedo en su voz, incluso cuando Ariella intentaba ser fuerte.

Ellas habían ido al centro comercial. Tenía que ser el lugar donde las habían raptado.

Nos reunimos con la seguridad del centro comercial, un montón de vigilantes, quienes nos mostraron las imágenes granulosas en blanco y negro de las cámaras de seguridad.

Skylar estaba con ellos y Ben definitivamente tenía un arma con la que apuntaba a mi pequeña niña.

Lo iba a matar...

Mason y Lincoln estaban cada uno a mis costados, mirando el video también. Las vidas de sus novias estaban en peligro, así como la de mi hija y la de Ariella.

Me costó mucho no darle una paliza a Jayden. Él había causado este desastre.

—Llama a Declan —empecé a recitar órdenes —. Haz que él empiece a vigilar con cámaras de vigilancia el lugar donde Ben pudo haberlas llevado. Ariella dijo que se dirigían hacia el noreste. Quiero que Aiden rastree su teléfono. Demonios, que rastree todos los teléfonos de ellas y ver si alguno nos da la ubicación. ¿Para quién demonios trabaja Ben?

—Si Skylar está con ellos, sé quien tiene a las chicas. Ellas están con Ángelo DeLuca —dijo Jayden.

—¿DeLuca? ¿El jefe del crimen organizado en Las Vegas? ¿Qué demonios hace en Breckenridge? — Me di la vuelta, enfrentando a Jayden y exigiendo una respuesta. De repente, el nombre se me hizo familiar.

Lincoln se cernió sobre Jayden.

—Me he estado haciendo la misma pregunta con respecto a *Don* DeLuca. ¿Qué está haciendo en el pueblo? Sospechaba de él y de Enzo. Un hombre como DeLuca simplemente no se toma vacaciones en el medio de la nada —dijo Lincoln.

Lincoln tenía razón; DeLuca no venía a nada bueno.

—¿Crees que sea una guerra de territorios? —Pregunté. Lincoln sabía más de la mafia que yo.

Sabía todo acerca de su proyecto paralelo donde investigaba los trapos sucios de Enzo. Si bien no me gustaba, no creía que su trabajo de investigación fuera la causa de que las chicas hayan sido secuestradas. Pero no me gustaban las coincidencias.

—No —Lincoln negó con la cabeza—. Sé de buena fuente que ellos están haciendo negocios juntos.

Maldición. No sabía eso.

Si ya no era lo suficientemente malo con que Enzo se mudara a Breckenridge, ¿ahora también tendríamos que lidiar con Ángelo DeLuca?

—¿Qué clases de negocios? —Miré a Jayden de nuevo—. Tú sabes de qué se trata ¿no es así?

Él había estado callado por mucho tiempo. Estaba listo para ensuciar mis manos y torturar al bastardo si eso significaba encontrar a mi hija y traerla a ella y las chicas de vuelta. Jayden retrocedió en el pequeño espacio que conformaba el cuarto de seguridad del centro comercial. Aclaré mi garganta. Los guardias de seguridad del centro comercial no necesitaban más información de la que ya les habíamos dado.

—¿Qué tal si vamos afuera? —Pregunté. No era una pregunta.

Los chicos salieron del cuarto de seguridad y se dirigieron hacia las puertas dobles que conducían al exterior.

—Escucha. —Jayden alzó sus manos en rendición.

Probablemente le preocupaba que todos le daríamos una paliza.

Era cierto que me había pasado por la mente, pero él nos era más útil vivo e ileso.

—No quise que nada de esto sucediera. Tienen que saber que nunca me involucraría en algo que implicara herir a una mujer embarazada o a una niña —dijo Jayden insistentemente—. Quiero ayudar. Déjenme hablar con Enzo y ver si podemos hacer que DeLuca regrese a las chicas y a la niña.

Mason no había dejado de fruncir el ceño.

—¿De verdad piensas que meter a Enzo en todo esto será de alguna ayuda? No necesitamos quedar en deuda con un mafioso. Lo manejaremos al estilo de *Eagle Tactical* —dijo Mason.

—Si quieres decir que vamos blandiendo armas y hacemos volar las instalaciones de DeLuca, cuenta conmigo —dijo Lincoln.

No tenía objeciones. Necesitábamos actuar de manera rápida. Salí hacia la camioneta, los chicos caminaban justo detrás de mí. Nuestras armas y nuestro equipo táctico se encontraban en las oficinas de *Eagle Tactical.*

Además, necesitaríamos de un plan de acción o algún tipo de esquema para que así no fuéramos a ciegas.

Nos tomaría tiempo idear un plan infalible, un lujo que no teníamos considerando a lo que nos enfrentábamos.

Nos apresuramos a llegar a la oficina donde Declan y Aiden estaban ocupados investigando, tratando de rastrear los teléfonos de las chicas y obteniendo acceso a las cámaras de seguridad dentro de las instalaciones de DeLuca. Lucy, la recepcionista, se sobresaltó al momento que entramos.

—Lo siento tanto. Acabo de enterarme de lo que sucedió. —Dijo ella, siguiéndonos por el pasillo —. ¿Hay algo que pueda hacer para ayudar? Sé lo mucho que su hija significa para usted, señor.

Suspiré pesadamente. No era solo Izzie la que había desaparecido, aunque ella era lo primero en mi mente. Ariella también había sido secuestrada, y dada la condición médica que sufría, no me gustaba la idea de que estaba siendo retenida por un mafioso. Tampoco estaba feliz de que todas las chicas hayan sido secuestradas a punta de pistola.

—Lo aprecio, Lucy —dije.

Reconocí el hecho de que quisiera ayudar. Esa era la razón por la cual ella no estaba escondida detrás de su escritorio y en realidad tenía un rol activo en lo que hacíamos para ganarnos la vida. Pero no podía involucrarla o poner su vida en riesgo. Ella no estuvo en el ejército. Lucy no tenía entrenamiento táctico. Ella estaba bien versada en tareas como contestar llamadas, hacer citas y mantener a la oficina abastecida. Probablemente sonaba como un idiota desagradecido. Si, estaba agradecido de que Lucy ofreciera su ayuda, pero no iba a arriesgar su vida para salvar la vida de las chicas. Si era honesto, no había nada que ella pudiera hacer.

——Chicos ——la voz de Aiden llegó desde el pasillo.

Caminé a paso rápido hasta su oficina y asomé la cabeza.

——¿Averiguaste algo? ——Esperaba que no solo quisiera saludarnos.

Mi corazón era como un taladro, golpeando sobre el pavimento roto. Me sentía al límite y listo para gritar y liberar la furia que no sabía que tenía guardada hasta hoy.

Mi niña se encontraba en peligro.

Ariella estaba en peligro.

Las únicas dos personas en el mundo que lo significaban todo para mí podrían morir hoy. No era un pensamiento que pudiera manejar o una realidad con la que estuviera dispuesto a vivir.

—Obtuve la señal de uno de los teléfonos, el de Ariella —dijo Aiden—. Fue breve y solo duró un segundo, pero pudimos reducir las coordenadas.

Declan trajo su portátil a la oficina y se unió, junto con Mason y Lincoln.

—Jayden está convencido de que ellas están siendo retenidas en las instalaciones de Ángelo DeLuca —dije. Lo puse al tanto rápidamente de lo que él y Declan se habían perdido.

Jayden se había quedado de brazos cruzados en el pasillo. Él parecía contrito e incómodo. Probablemente porque estábamos listos para colgarlo de las bolas si algo le sucedía a alguna de las chicas que fueron secuestradas.

—Deberías ver esto —dijo Declan. Él había hackeado las cámaras de vigilancia de la residencia de DeLuca, que también estaba en la misma ubicación que su recinto.

Él le dio un golpecito a la pantalla e hizo un acercamiento, revelando parte de las imágenes de vigilancia.

Una niña subía corriendo las escaleras de madera, sola.

—¡Esa es Izzie!

¿Se había escapado de los hombres?

¿Por qué corría hacia arriba y no hacia la puerta?

—Necesitamos movernos, ¡ahora! —No podía quedarme a mirar como algo horrible le sucedía a mi hija.

Salí corriendo de la oficina hacia la puerta.

—¡Llámame tan pronto como obtengas algo en concreto!

Jayden salió detrás de mí.

—Voy contigo. Yo metí a tu familia en este desastre. La sacaré de él.

Le eché un vistazo. No sabía lo que tenía planeado, pero seguramente necesitaríamos de una distracción. Me traía sin cuidado si Jayden era la carnada.

CAPÍTULO DIECISIETE

SKYLAR

Nunca tuve oportunidad, no cuando *Don* DeLuca exigió que ayudara a su socio a raptar a tres chicas para la medianoche.

Correr habría sido la mejor opción, pero no podía huir. Además, ¿a dónde habría ido que no hubiera terminado conmigo muerta de un disparo y arrojada al bosque? Ben había insistido en hacer el secuestro en el centro comercial.

Él era un idiota. No podía creer que él quisiera que secuestráramos a tres chicas ante las cámaras.

¿Quería que nos atrapasen? Quizás él quería que yo

fuera a parar a la cárcel y él había planeado huir y dejarme varada.

No me sorprendería. No éramos amigos. Ni siquiera me agradaba el bastardo.

¿Jayden vendría por mí? Dudaba que me encontrara con él de casualidad. Esa sería una casualidad muy grande y no tenía un teléfono con el que podría rastrearme.

Había hecho lo que me habían ordenado, fui al centro comercial y había esperado, al ver a Ariella, involucrarla y obtener su ayuda.

Conocía su secreto al haber estado viviendo con ella y Jaxson en los últimos meses. Ariella había sido una agente de la C.I.A., bueno, sabía que ella había trabajado para la C.I.A.

No estaba exactamente segura de lo que hacía allí, pero ella estaba entrenada y podría sacarnos de este desastre. Ariella era inteligente, astuta y había estado en suficientes situaciones de rehenes como para estar preparada esta vez.

¿Cierto? Vaya que si estaba equivocada.

Mátenme...

Todavía no podía superar el hecho de que Izzie vino detrás de nosotras.

No me malinterpretes. Odio a los niños. Planeo nunca tener uno, pero ella es mi sobrina y si bien es una mocosa, ella también es mi sangre.

¿Por qué no pudo hacerle caso a Ariella cuando le dijo que corriera? Debí haber hecho algo.

Pude haber luchado contra Ben, ayudarla a escaparse y ayudar a mi propio escape también.

Pero había sido tonta y egoísta. Lo cierto era que tenía miedo de que Ben me matara, o peor, que matara a la niña que había apuntado con el arma.

Así que hice lo que me ordenaron y me subí a la camioneta avergonzadamente y recé para que un día Ariella y Jaxson pudieran perdonarme.

Hoy no iba a ser ese día.

——¡Salgan! ——Ben nos apuntó con el arma.

Esta vez él no estaba solo.

Él había aparcado la furgoneta cerca de la puerta trasera del recinto y los guardias de DeLuca nos apuntaban con sus armas para recordarnos que debíamos obedecerlos.

Nadie quiso salir primero de la furgoneta, especialmente yo.

Las chicas no se movieron y había estado aquí el tiempo suficiente como para saber que habría consecuencias si no hacíamos lo que nos pedían.

Resoplé con pesadez y salí primero de la furgoneta y sin darme la vuelta pude oír la conmoción detrás de mí mientras las otras chicas me seguían.

——Síganme ——dijo ben y nos guió a través de la puerta metálica, bajando las escaleras hasta el sótano——. Tú no. Tú te quedas aquí. ——me instruyó.

——¿A dónde la llevas? ——Preguntó Ariella.

¿Todavía se preocupaba por mí después de todo lo que había hecho? Ella me miró brevemente mientras aferraba fuertemente a Izzie contra su pecho, sosteniendo a la niña en sus brazos. Quizás lo imaginé, pero ella no lucía tan enojada como había esperado.

¿Fue una decepción? Tal vez tristeza.

O quizás no quería ver que ella me odiaba. Esa era una posibilidad muy grande.

—Ese no es tu problema —dijo Ben.

—¿Quién es la niña? No hemos estado separados el tiempo suficiente como para que ella sea tuya —dijo Ben.

Él trató de alcanzar a Izzie para apartarla de Ariella.

—¡No! —Ariella movió su cuerpo para proteger a mi sobrina de sus manos toconas.

—¿Qué quieres con ella? —Pregunté—. Ella es solo una niña.

No sabía lo que Ben planeaba hacer con las chicas, pero sospechaba que no era nada bueno. Había visto a un puñado de mujeres en el sótano y por lo que Jayden me había dicho, ellas eran víctimas de trata de blancas.

—Bien. La quieres. Ella es ahora tu responsabilidad —dijo Ben mientras empujaba a Izzie a mis brazos.

¡Mierda!

¿Qué sabía yo de niños?

Los ojos de Izzie se llenaron de lágrimas y su labio tembló antes de que rompiera a llorar.

—¡Quiero a mi papi! —Izzie se lamentó, retorciéndose en mis brazos.

Ella no quería que la sostuviera y no la culpaba.

No éramos las mejores amigas. Ella probablemente sabía que no me gustaba mucho y ella evidentemente estaba dejando en claro que no quería quedarse conmigo tampoco.

—Vas a estar bien —dijo Ariella, acariciando suavemente la espalda de Izzie—. Skylar no va a dejar que nada te suceda, ¿no es así?

La mirada que me dio envió un escalofrío a través de mi espalda.

—Si, eso es cierto. Estás a salvo conmigo —dije, sosteniendo a Izzie contra mi cadera.

Quería bajarla al suelo. No estaba acostumbrada a cargar a una niña, y mucho menos a una que pesaba de trece a dieciocho kilos y que se había envuelto alrededor de mis caderas y mi cuello.

La niña no tenía intención de aflojar su agarre en mí.

—La protegerás a toda costa —dijo Ariella y se inclinó cerca de mi oído—. O que Dios me ayude, te daré caza y te haré sentir toda la furia de Jaxson.

Ariella tenía razón. Le tenía más miedo a mi hermano mayor que a ella.

CAPÍTULO DIECIOCHO

ARIELLA

Jaxson me mataría.

La escoria de mierda me había arrebatado a Izzie de los brazos y se la había dado a Skylar.

La hermana de Jaxson no lucía muy complacida de tener que hacerse cargo de la niña. Ben se llevó a Skylar lejos de nosotras hacia otro set de escaleras y fuera de la vista.

—¡Mami! —Gritó Izzie.

¿Me llamaba a mí? Odiaba el hecho de que Ben estaba ahí con Izzie y Skylar. Habría estado asustada si hubiera sido otra persona, pero no de esta manera. Sabía de lo que Ben era capaz de hacer.

Él era un monstruo.

Ben me había secuestrado, me había amenazado, me había mantenido cautiva y me habría matado si hubiera tenido la oportunidad.

Mi corazón dolía y mi estómago se hundió.

¿Iba a lastimar a Izzie para vengarse de mí por lo que había hecho años atrás? Podría no ser la madre biológica de Izzie, pero era la única madre que Izzie había conocido. Emma, su madre biológica no estaba presente en su vida y estaba en prisión.

Ella no había querido a su hija y había tenido la intención de darla en adopción.

——¡Muévete! ——Me ordenó un hombre que no reconocí. Tenía cejas pobladas y gruesas y el cabello oscuro, corto y rizado.

Él nos llevó a Hazel, Harper y yo a bajar las escaleras y nos apuntaba con un arma para recordarnos quien estaba a cargo.

——¡De prisa! ——Ordenó el hombre mientras bajábamos al sótano mal iluminado.

Hileras tras hileras de celdas de calabozos se agrupaban en el lugar subterráneo. Había varias mujeres encerradas en una de las celdas a la derecha.

Él abrió la segunda celda del calabozo y la puerta blindada chirrió cuando él abrió la puerta.

——Entren ——dijo él haciendo un gesto con su arma para que hiciéramos lo que ordenaba.

Di un vistazo por encima del hombro a Hazel y a Harper que iban detrás de mí. Tenían a dos guardias armados con pistolas semiautomáticas detrás de ellas.

Había muchos de ellos y Harper estaba embarazada. No podía luchar contra ellos sin ponernos en riesgo. Dudé antes de hacer lo que me pidieron. Entré en la celda del calabozo. Hazel estaba a solo unos pasos por detrás de mí.

——Por favor, señor ——dijo Harper apoyando una mano en su vientre. No podía esconder el hecho de que estaba embarazada a estos hombres.

Ella estaba junto a la entrada de nuestra celda, pero seguía sin entrar.

—¡Muévete! —gritó él y empujó a Harper a través de las puertas de metal.

Ella se tambaleó, tropezándose con sus pies hinchados.

Me moví rápidamente hacia ella para alcanzarla y evitar que cayera al piso. Necesitábamos salir de esta situación ilesa. Él bloqueó la salida, pero seguía sin cerrar las puertas de metal para encerrarnos dentro.

—Entréguenme sus teléfonos.

Hazel y Harper sacaron lentamente sus teléfonos de sus bolsillos.

No me moví desde mi posición en el piso de cemento.

—El mío se cayó cuando nos recogieron. —Dije, mintiendo lo mejor que pude.

Me rehusaba a echarme para atrás y mis ojos se quedaron fijos en los de él.

Si incluso pestañeaba, él podría ver a través de la mentira.

Sus ojos se estrecharon mientras me recorría con la mirada.

——No te creo. Desvístete.

——Juro que no tengo mi teléfono. ——Alcé las manos en señal de rendición——. Puedes registrarme. ——Dije, esperando que eso fuera suficiente.

No quería desvestirme y mucho menos para él. Afortunadamente, Skylar había sido llevada lejos o ella podría haber revelado donde se encontraba mi teléfono. Ella era la última persona en la que confiaba, bueno, ella y Ben.

¿Estaban trabajando juntos en esto o ella se había involucrado de manera involuntaria? Ellos no la tenían en la celda junto a nosotras.

El hombre de cejas pobladas dio un paso hacia mí.

Su aliento olía a café rancio y él olía a humo de cigarro.

——Alza los brazos ——ordenó él.

Alcé los brazos mientras él me cacheaba de una manera demasiado intima. Una de sus manos se posó en mis senos y los acarició en el proceso antes de meter su mano dentro de mis pantalones.

—Ya basta, por favor. —Mi voz se quedó atrapada en mi garganta.

La bilis subió hasta mi boca. Tragué el líquido abrasador y cerré los ojos.

Él levantó su arma y la puso contra mi frente.

—Yo soy el que da las órdenes aquí. No olvides eso.

Sus dedos rozaron mis bragas.

Mi estómago cayó y mi cuerpo empezó a temblar.

Él sacó su mano de mis pantalones.

—Voltéate.

¿Había terminado?

Su mano hizo la misma danza sobre mi trasero, dentro de la pretina de mis pantalones, antes de quitar su mano y bajar el arma. Un minuto después, él caminó hacia la puerta, salió y cerró las rejas de metal. El metal chirrió mientras le ponía el candado.

Una vez que él se había ido y estaba fuera de la vista, colapsé sobre el frío piso de cemento.

No sentía frío.

Mi cuerpo estaba entumecido desde el interior y los temblores se apoderaron de cada fibra de mi ser. Me senté con las piernas sobre mi pecho y temblaba incontroladamente.

Hazel se agachó y puso su mano en mi espalda.

—Averiguaremos cómo salir de ésta —dijo ella. Su voz era suave y tranquilizadora.

Asentí gravemente y di un vistazo hacia el pasillo. No había guardias vigilando. Quizás ya no nos consideraban una amenaza porque estábamos atrapadas tras las rejas. Di un vistazo rápido alrededor del lugar y vi que no tenían equipo de vigilancia. No había señal alguna de cámaras o dispositivos de grabación, aunque no estaba segura si nos estaban escuchando.

Tenía que ser cuidadosa.

Saqué mi teléfono lentamente de mi bota.

Alcé un dedo sobre mis labios, advirtiéndole a las chicas de la celda contigua que no dijeran nada mientras nos miraban con una intensidad feroz.

¿Nos traicionarían? Todas estábamos en esto juntas, ¿cierto? Al menos que una de ellas fuera como

Skylar y haya sido contratada por la mafia para secuestrar a mujeres. ¿Era eso lo que había ocurrido con Skylar, o me equivocaba? ¿Acaso importaba? Ella nos había conducido a las manos de la mafia y ¿para qué propósito?

Saqué mi teléfono de mi bota y miré a las barras de señal.

Sin señal.

Eso era extraño.

Había tenido señal en cada parte de Breckenridge en la que había estado. Si bien la señal no era muy fuerte en las montañas, había muchas torres satelitales de teléfono.

Ellos probablemente bloqueaban la señal. Pero si pudiera ir afuera con mi teléfono, entonces podría llamar a Jaxson y él podría rastrearme.

Esa no era una expectativa muy realista.

¿Por qué me dejarían salir? Y si pudiera salir, estoy condenadamente segura de que correría rápido y lejos. No me iba a quedar a hacer una llamada.

Con suerte, Jaxson habría sido capaz de localizar la señal antes de que fuéramos arrojadas en este lugar.

—No tengo señal —dije y volví a meter mi teléfono en mi bota. Con suerte ellos no volverán a buscar mi dispositivo ya que me habían revisado.

Se escucharon disparos a la distancia.

¿Eran Jaxson y el equipo que habían venido a rescatarnos?

Las luces titilaron en el sótano y las tres nos apiñamos en el suelo.

—Tenemos que mover a las chicas, ¡ahora!

La voz de Ben llegó como un eco mientras se apresuraba a bajar las escaleras del sótano.

Detrás de él, media docena de hombres armados nos escoltaron fuera de las celdas del calabozo para que los siguiéramos afuera.

Hazel y yo nos levantamos rápidamente y ayudamos a Harper a levantarse también.

—Ella se queda —dijo el hombre de cejas pobladas, señalando a Harper.

——¿Estás seguro? ——Le preguntó Ben al otro hombre——. Podríamos obtener el doble por ella.

——Estos hombres no quieren bebés. Quieren tener sexo. Haré unas cuantas llamadas y ver si podemos encontrar a un comprador fuera de nuestros contactos habituales.

——No ——dije y me puse frente a Harper.

¿La estaba ayudando o estaba haciendo las cosas peores al dejarla atrás junto a estos monstruos? Quería ayudar a Harper, pero podía sentir el arma de Ben contra mi cabeza. Escuché como le quitaba el seguro al arma.

——No me tientes, cariño ——dijo él, su aliento contra mi oreja mientras se inclinaba y me agarraba del brazo.

CAPÍTULO DIECINUEVE

JAYDEN

Me había prometido a mi mismo que nunca trabajaría con los chicos de *Eagle Tactical*.

¿Por qué? Porque ya les debía mi vida.

Habíamos servido juntos en el ejército. Jaxson me había llevado lejos de las líneas enemigas cuando me habían disparado y casi me desangro hasta morir. Debí haber muerto.

Él debió haberme dejado morir.

Agradecerle había parecido inadecuado luego de que él había arriesgado su vida con una lluvia de balas volando hacia él. Él había sido imprudente pero altruista.

No lo merecía. Él se puso en peligro. Pudo haber muerto y le debía por eso.

¿Qué hice cuando regresé a casa?

Mantuve mi distancia.

Podía devolver mi vida a Jaxson, pero no iba a arriesgar la de él, no cuando la vida de mi sobrina estaba en juego. Él ya había hecho por mí más de lo que merecía. No podía involucrarlo en esto. Era mi carga para soportar. Él tenía una niña en casa. No era un secreto que él era un padre soltero.

No pondría en riesgo que su hija no creciera junto a su padre, sola en el mundo. Así que cada vez que él me ofrecía un trabajo con *Eagle Tactical*, yo lo rechazaba. No era por orgullo. Aunque seguramente él pensaba que esa era la razón. Es lo que le había hecho creer para protegerlo.

Porque en el fondo él seguía siendo como un hermano.

La familia se protegía los unos a los otros. Y ahora yo había separado a esta familia. Terminé de recorrer la distancia hacia la entrada y pulsé el timbre sobre las verjas de hierro forjado que protegían la propiedad de *Don* DeLuca.

Era el último lugar en el que me apetecía estar, pero Don Ricci se había asegurado de que obtuviera lo que merecía. La traición me sabía amarga.

Mordí mi lengua, ocultando cualquier emoción que denotara conflicto. Estaba haciendo esto para salvar a Skylar.

Y le debía mi vida a Jaxson.

——Estamos a mano ——dije en voz baja al micrófono que llevaba en secreto. Ya no le debía nada a Jaxson o mis otros compañeros luego de esto.

——Ya veremos. Mantén la cabeza baja y mantente en silencio. No llames la atención ——dijo Jaxson.

Él tenía razón. Tenía que andar con cuidado. Hablar conmigo mismo, o con Jaxson para el caso, iba a hacer que me asesinaran. No quería morir y definitivamente no hoy. Me acerqué a las verjas y pulsé el timbre. Pude ver a uno de los guardias en la parte de arriba y éste apuntaba a la torre con su arma, listo para disparar. Con suerte, *Don* DeLuca no me dispararía primero y me preguntaría después.

—¿Sí? —Respondió al timbre una voz masculina y profunda—. ¿Puedo ayudarte?

—Mi nombre es Jayden Scott. Me gustaría hablar con tu jefe, Ángelo DeLuca —dije.

—*Don* DeLuca no está recibiendo visitas —respondió la voz en el intercomunicador.

—Tengo información concerniente a Enzo Ricci. —No di más explicaciones.

La cerradura de la verja se abrió con un clic y la estructura de hierro se abrió, permitiéndome entrar.

Entré y caminé por el camino de acceso hacia el recinto de DeLuca.

Me costó mucho no dar un vistazo hacia mis costados, donde en la distancia, Jaxson y su equipo se escabullían en las instalaciones.

¡Bang!

Me agaché cuando escuché una bala rozándome la cabeza.

¿Qué demonios? ¿Quién me disparaba? ¿*Eagle Tactical* o los hombres de DeLuca?

Los disparos comenzaron a volar a mi alrededor...

—Estoy bajo fuego intenso —La voz de Mason llegó a través de mi auricular.

—Estamos en ello —respondió Jaxson, cambiando de posición. Vi como él corría rápidamente a través del jardín cerca de los arbustos que estaban junto a la verja de hierro forjado.

Los disparos comenzaron a llover desde todos lados. Yo era un gran blanco ya que no tenía ningún lugar donde esconderme en mi posición actual. Corrí hasta la entrada principal y saqué mi pistola de la funda sobre mi cadera.

—Voy adentro —le avisé al equipo.

—No, voy por la entrada oeste —dijo Lincoln mientras escalaba por el lugar y subía al balcón—. Ellos esperan que entremos por la puerta principal.

Nos habíamos alejado del plan con Lincoln subiendo por la enredadera a un lado de la propiedad. Se suponía que me invitarían a entrar por la puerta principal.

Parece que el plan había cambiado.

—Jayden te han descubierto. Quédate afuera con

Mason. Voy entrar junto con Lincoln para buscar y rescatar a las chicas —dijo Jaxson.

Me mantuve en mi posición, disparándole a los hombres de DeLuca mientras se dirigían hacia la puerta principal. No iba a dejar que pusieran un pie en el exterior de la casa.

Los disparos seguían lloviendo desde cada rincón a nuestro alrededor y se escuchaban en el interior del lugar.

¿Qué demonios estaba sucediendo ahí?

CAPÍTULO VEINTE

ARIELLA

Ben me sacó a tirones de la celda y me puso detrás de la fila de chicas que estaban en la celda junto a nosotras.

No habíamos hablado mucho con ellas.

El sonido de los disparos se escuchó más fuerte y más cerca.

¿Era Jaxson? ¿Los chicos de *Eagle Tactical* habían venido a salvarnos?

Quería quedarme para pelear y ver si podíamos detenerlos y ayudar a nuestro rescate, pero no tenía muchas opciones con el arma contra mi piel y Ben dispuesto a presionar el gatillo.

Nos llevaron hasta las escaleras traseras; de la misma manera en la que entramos. Nos escoltaron afuera y yo le di un vistazo a Hazel, esperando que ella tuviera la misma idea que yo.

Ahora era el momento de pelear.

Empujé mi codo hacia Ben, golpeándolo en el estómago y luego en la cara, sintiendo como su nariz se fracturaba bajo mi puño.

Las otras chicas jadearon y se congelaron en el lugar.

Ellas no lucharon, no corrieron. Ellas se quedaron ahí, temblando de miedo.

No podía contar con su ayuda.

¿En dónde estaba Jaxson?

Los disparos comenzaron a llover desde el lado opuesto del recinto. Escuché disparos adicionales en el interior.

¿Harper estaba bien? ¿Qué pasaba con Izzie?

Ben me agarró por el cabello y me arrastró el resto

de la distancia hasta la furgoneta. Él me arrojó adentro y las otras chicas me siguieron en silencio.

—¡Muévete!

Hazel se subió de última. Su labio temblaba mientras venía y se hacía un ovillo contra mí.

Ben cerró la puerta de un golpe y el motor cobró vida. El vehículo se sacudió mientras éramos llevadas lejos de las instalaciones.

¿A dónde demonios nos estaban llevando?

CAPÍTULO VEINTIUNO

JAXSON

Escalé por la enredadera de hiedra hacia la planta alta del recinto.

Teníamos que ser rápidos.

Lincoln ya estaba arriba, vigilando el lugar y asegurándose de que todo se mantuviera despejado.

Los disparos comenzaron a llover cuando rompí la ventana para entrar. No podía disparar. Apenas pude cubrirme mientras deslizaba mi cuerpo por el pequeño orificio.

Lincoln cubrió mis espaldas.

Dos de los hombres de DeLuca yacían muertos en un charco de su propia sangre.

—Necesitamos movernos —dijo Lincoln.

Aterricé sobre mis pies con el arma afuera y lista para disparar. El equipo táctico era muy pesado e hizo el escalar por la hiedra y deslizarme por la ventana un poco más incómodo.

—Estoy en ello —respondí.

Seguí a Lincoln ya que él había registrado el lugar y se había asegurado de que era seguro entrar.

Salimos juntos de la pequeña habitación y flanqueamos el pasillo.

—¡Arriba! —Gritó una voz bruscamente.

Se escuchó el sonido de varios pares de botas subiendo rápidamente las escaleras.

—Refuerzos —le murmuré a Lincoln.

Nos pusimos en posición alrededor del borde del barandal, siendo cuidadosos para que no nos vieran. Cuando los hombres de DeLuca subieron rápidamente las escalera, disparando a ciegas, les disparamos mortalmente a cada uno en la cabeza.

No vinimos a tomar prisioneros. Vinimos en una misión de búsqueda y rescate.

Cualquiera que se pusiera en nuestro camino era el enemigo.

El recinto tenía al menos dos pisos. Sospechaba que también había un sótano. Las chicas podrían estar en cualquier parte.

Registramos las instalaciones, habitación por habitación, solo nosotros dos. La mayoría de las habitaciones de arriba estaban vacías.

Se escucharon más disparos afuera.

——Necesitamos movernos ——dije.

Teníamos que apresurarnos. No pasaría mucho tiempo hasta que más hombres vinieran corriendo por las escaleras a buscarnos. Le habíamos disparado a media docena de soldados que habían venido buscando represalia.

Lincoln abrió puerta tras puerta y yo lo acompañé con mi arma fuera y preparado para eliminar a quien sea que se pusiera en el camino de encontrar a nuestras familias.

Abrí una de las puertas y vi a Izzie sentada en una mesa para niños con Skylar y una adolescente teniendo una fiesta del té.

—¡Papi! —Gritó Izzie. Ella saltó de su silla. La pequeña silla de madera se cayó al suelo cuando ella se apresuró a cruzar la habitación.

—No se muevan —la voz de DeLuca se escuchó como un eco desde atrás.

Escuché el clic cuando le quitó el seguro al arma mientras me apuntaba con esta en la parte de atrás de la cabeza.

CAPÍTULO VEINTIDÓS

ARIELLA

—¿Estás bien? —Le susurré a Hazel.

Estábamos apiñadas juntas en la parte trasera de la furgoneta. La oscuridad nos rodeaba. No estábamos solas. Casi una docena de mujeres habían sido metidas dentro de la parte trasera de la furgoneta blanca, el mismo vehículo donde nos habían traído hace tan solo un corto tiempo atrás.

—No —susurró Hazel—. Nada de esto está bien.

Sabía eso.

—Saldremos con vida de esta —dije.

—¿Cómo? —Preguntó Hazel—. ¿Cómo esclavas sexuales? Prefiero que me disparen.

—No digas eso —dije—. Haremos lo que sea que necesitemos para sobrevivir. Podemos luchar contra estos hombres. Por lo que pude notar, solo hay uno conduciendo. Cuando lleguemos a donde sea que nos estén llevando, peleamos.

—Eso no funcionará —dijo otra chica. No reconocí su voz. Era áspera y gruesa. Ella sonaba como si estuviera sedienta—. Si luchan contra ellos, las atarán, las golpearán, las violarán y la lista sigue. Todos los hombres se turnan y todas tenemos que observar.

—¿Por cuánto tiempo has estado con estos hombres? —Pregunté.

No estaba segura de querer saber, pero era evidente que ella había estado con ellos el tiempo suficiente como para ser testigo de lo que sucedía cuando las prisioneras se defendían.

—No por mucho tiempo, unas cuantas semanas. Algunas de las chicas han sido cambiadas entre las familias. Compradas, usadas y vendidas como si fueran basura. Así es como nos tratan, y eres afortunada si su interés es puramente sexual y no masoquista —dijo ella.

Un escalofrío me recorrió todo el cuerpo.

—De repente, ser forzada a casarme con Franco Ivanov suena como un día de campo —murmuró Hazel.

Envolví un brazo alrededor de su hombro, tratando de asegurarle lo mejor que podía que saldríamos de esta con vida. Solo no estaba segura de cómo lo haríamos.

No hay manera de defenderte cuando tienes un arma apuntándote en la sien.

Dos hombres hacían guardia afuera de la furgoneta. Uno de ellos nos apuntaba en la cabeza mientras salíamos del vehículo, el otro nos puso un collar en cada uno de nuestros cuellos.

Un tercer guardia nos esperaba a tan solo unos metros de distancia y tenía un control remoto en su mano.

—¿Nadie va a defenderse? —Preguntó él riéndose y ladeó su cabeza hacia un lado—. Es una pena. —Él presionó el botón, lo que envió una descarga de electricidad a través de nuestros cuerpos al mismo tiempo.

Caí al suelo. Mis ojos se apretaron y se cerraron.

Todo mi interior dolía como si un rayo quemara a través de mis venas. Jadeé por aire y mi corazón latía fuertemente contra mi pecho.

La descarga eléctrica solo duró unos cuantos segundos, pero se sintió como una eternidad.

—Nadie desobedecerá —dijo el hombre— o todas sufrirán las consecuencias.

Todas nosotras estábamos conectadas y seríamos obligadas a soportar la tortura juntas. Los collares eran su manera de controlarnos.

No había manera de escapar.

CAPÍTULO VEINTITRÉS

JAXSON

—No dispares, Ángelo —dije, alzando las manos.

—Es *Don* DeLuca para ti —dijo Ángelo.

—Voy para allá —dijo Mason a través del auricular.

Bien, él había recibido el mensaje de que estábamos en problemas y necesitábamos refuerzos.

Esperaba que viniera a tiempo.

Lincoln se rehusó a bajar el arma mientras le apuntaba a Ángelo a través de la habitación. Él redujo la distancia al dar un paso hacia adelante.

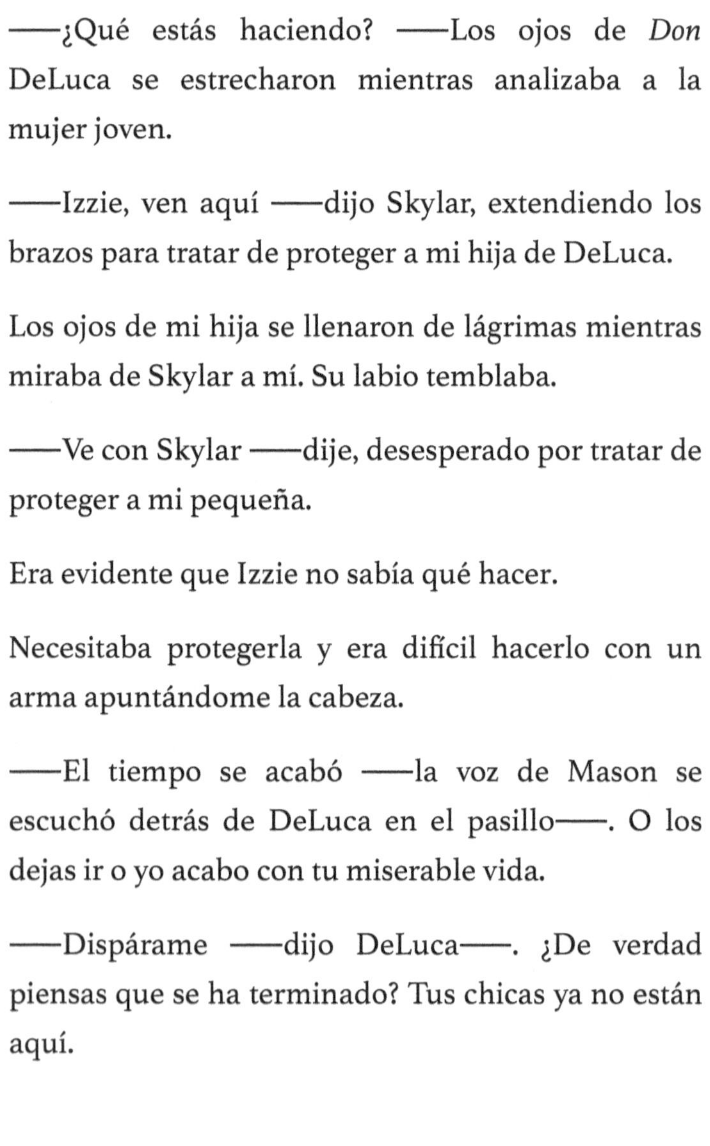

—¡No le dispares! —Skylar saltó de la silla en la mesa donde había estado sentada tomando el té con Izzie y la chica adolescente.

—¿Qué estás haciendo? —Los ojos de *Don* DeLuca se estrecharon mientras analizaba a la mujer joven.

—Izzie, ven aquí —dijo Skylar, extendiendo los brazos para tratar de proteger a mi hija de DeLuca.

Los ojos de mi hija se llenaron de lágrimas mientras miraba de Skylar a mí. Su labio temblaba.

—Ve con Skylar —dije, desesperado por tratar de proteger a mi pequeña.

Era evidente que Izzie no sabía qué hacer.

Necesitaba protegerla y era difícil hacerlo con un arma apuntándome la cabeza.

—El tiempo se acabó —la voz de Mason se escuchó detrás de DeLuca en el pasillo—. O los dejas ir o yo acabo con tu miserable vida.

—Dispárame —dijo DeLuca—. ¿De verdad piensas que se ha terminado? Tus chicas ya no están aquí.

Skylar agarró a Izzie y la puso detrás de sus piernas para protegerla del peligro. Mason sacó un par de esposas de metal de la presilla de su cinturón y puso las manos de DeLuca detrás de su espalda para ponerlas.

—¿Qué quieres decir con que no están aquí? —Lincoln estaba furioso.

Izzie salió corriendo desde detrás de Skylar, alzando los brazos.

La levanté en mis brazos, abrazándola solo por un breve instante. Quería saborear el momento y asegurarle que todo estaba bien y que ella estaba a salvo, pero no estábamos en casa.

Podría haber un montón de otros hombres listos para dispararnos.

Solo esperaba que Izzie ya no estuviera en peligro.

¿En dónde estaban las otras? ¿En dónde estaban Ariella, Hazel y Harper?

Con DeLuca ya detenido, registramos el recinto, disparándole a cualquiera que llevara un arma.

La mayoría de sus hombres habían huido y les disparamos a los pocos que se habían quedado. No habíamos tenido otra opción.

Nos dirigimos por las escaleras del sótano con nuestras armas fuera. DeLuca iba con nosotros, sus manos permanecían atadas detrás de su espalda con las esposas de metal. Skylar, Izzie y la chica adolescente se habían quedado con Mason quien hacía guardia para protegerlas en caso de que Ángelo intentara hacer algo estúpido.

—No hay nadie aquí. Te lo dije, las chicas se han ido —dijo DeLuca.

Él no lucía ni un poco arrepentido o contrito.

—¿Qué tal si lo comprobamos nosotros mismos? —Yo iba al frente y seguía apuntando con mi arma para asegurarme de que no había más hombres blandiendo sus armas.

—¡Ayuda! —Se escuchó la voz de Harper desde el sótano.

—¿Harper? —Lincoln pasó corriendo junto a mí para ir a la celda del calabozo mientras yo me aseguraba de que no había otros guardias escondidos en la bodega del sótano.

El pasillo parecía dar vueltas.

Las luces fluorescentes del techo titilaban y crepitaban.

Di un vistazo a las celdas vacías y fui hasta el final de estas antes de darme la vuelta para unirme a ellos. Lincoln tomó un par de llaves que colgaban de la pared opuesta y abrió la puerta de metal. Ayudó a Harper a levantarse y la examinó rápidamente.

—Ven, déjame ayudarte. —Él le ofreció la mano.

—Te dije que ya no están —dijo DeLuca—. No regresarán al lugar, o al menos, las chicas no lo harán.

Sonrió maliciosamente.

Mi estómago cayó y me lancé hacia él, tomándolo por el cabello y apuntándole en la mandíbula con mi arma.

—¿A dónde las enviaste?

Ariella y Hazel seguían desaparecidas y podrían estar en cualquier parte a estas alturas.

Toqué mi auricular y me conecté con Declan y Aiden que estaban en la oficina.

—Necesito vigilancia aérea. Tenemos a Harper, Skylar e Izzie, pero Hazel y Ariella han sido llevadas lejos de la propiedad.

Le quité el seguro a mi arma.

—Dime a dónde se llevaron a las chicas.

—Llegamos al recinto en una furgoneta blanca —dijo Skylar.

—Estamos buscando a una furgoneta blanca — le reiteré lo dicho a Aiden y Declan.

Aiden era un genio de las computadoras, de la vigilancia satelital y podía hackear lo que sea, incluyendo servidores secretos del gobierno. Confiaba en que él podría revelarnos la ubicación de la furgoneta.

—¿Tienes alguna idea de hacia a dónde se dirigían? —Preguntó Declan.

—Lincoln, lleva a las chicas afuera. Llama a una ambulancia si Harper necesita ser revisada —dije.

No quería que Izzie o las demás fueran testigos de lo que estaba dispuesto a hacer para encontrar a Ariella.

—Jaxson. —La voz de Lincoln tenía un toque de advertencia—. Ya tenemos a DeLuca. ¿Por qué no lo entregamos a las autoridades? Ellos podrían ayudarnos a encontrar a las otras chicas.

Claro que Lincoln quería contactar al departamento del sheriff ahora que teníamos a Harper y ella estaba a salvo.

No podía arriesgarme a que su interferencia arruinara la operación. Nosotros estábamos entrenados para este tipo de situaciones y teníamos más experiencia que el departamento del sheriff de Breckenridge.

—No es una opción —dije bruscamente—. Haremos esto por nuestra cuenta.

—¿Qué hay de DeLuca? —Dijo Lincoln, dándole un vistazo.

—Obtendré la información de él.

Si bien había líneas que no estaba dispuesto a cruzar, cuando se trataba de mi familia y amigos, haría lo que fuera para salvarlos.

CAPÍTULO VEINTICUATRO

JAYDEN

Me quedé vigilando afuera del recinto.

Si bien quería ir adentro y ayudar a rescatar a Skylar y las demás, también sabía que alguien tenía que quedarse a hacer guardia y bloquear la salida.

Si los hombres de DeLuca pensaban huir, no iba a dejar que eso sucediera.

Los disparos en el interior habían cesado por un tiempo.

Me habría preocupado si no tuviera la conexión a través del auricular por donde podía oír la conversación entre los hombres de *Eagle Tactical*. Lincoln salió primero a través de la puerta principal. Bajé mi arma, teniendo cuidado de no dispararle. Skylar siguió, llevando a Izzie de la mano.

Suspiré de alivio. Estaba muy agradecido de que ambas estuvieran bien.

—Me alegra que estén a salvo —dije.

Skylar soltó a Izzie, echó su puño hacia atrás y me golpeó en la cara.

—¡Eres un bastardo! —Me gritó Skylar.

Está bien, quizás merecía eso. Si bien no sabía lo que Enzo iba a hacer, no debí haberla involucrado en este desastre. Había sido egoísta e irresponsable al involucrar a una civil.

—Tienes razón. Soy un imbécil. —Dije.

Ella alzó una ceja.

¿Había esperado que me defendiera?

Me froté la mejilla. Ardía horriblemente, pero sobreviviría. No era nada que una compresa fría y un par de aspirinas no pudieran aliviar.

¿Mis ojos me engañaban? Detrás de Skylar, una joven de cabello castaño dudó en acercarse. Sus ojos azules pálidos me miraban.

—¡Lexa! —Le grité a mi sobrina y corrí hacia ella, pasando a Izzie y a Skylar.

Lexa lanzó sus brazos alrededor de mi cuello.

—Tío Jayden —susurró ella antes de que los sollozos se apoderaran de su cuerpo.

La sostuve en mis brazos y no dejé que colapsara en el suelo.

—¿Estás bien? —Era una pregunta terrible, la más estúpida que alguna vez había hecho y sin embargo aquí estaba, haciéndola de todas maneras.

—Deberíamos meter a las chicas en la camioneta —dijo Lincoln—. No queremos quedarnos de pie aquí en caso de que DeLuca traiga refuerzos.

—Afirmativo.

Lincoln era bueno estando a cargo y liderando un equipo. Seguí sus órdenes. Skylar llevaba a Izzie de la mano y siguió a Lincoln por detrás mientras yo abrazaba a Lexa con un brazo , acompañándola a través del césped para pasar la verja abierta hacia el otro lado, justo hacia el camino donde la camioneta estaba aparcada.

—¿Dónde está mi papi? —Preguntó Izzie.

—Si, ¿Dónde están Jaxson y Mason? —Pregunté.

Había escuchado brevemente a través de la transmisión que ellos se habían quedado atrás para interrogar a DeLuca. No sabía de que serían capaces fuera de una zona de guerra.

Aunque significaba que era la guerra cuando la familia de uno estaba involucrada.

Había experimentado eso cuando buscaba a Lexa.

—Están obteniendo información —dijo Lincoln. Él no dijo más.

Nos apresuramos hasta el vehículo y abrimos la puerta trasera, dejando que las chicas entraran primero.

Izzie subió en el asiento trasero con Skylar de un lado y Lexa en el lado opuesto.

—Quiero a mi papi —dijo Izzie. Le costaba quedarse quieta en el asiento.

La niña probablemente necesitaba de un asiento para niños, el cual se encontraba en la camioneta de Jaxson.

—¿Qué tal si jugamos algo? —Dijo Skylar—. Veo, veo, algo amarillo.

—¡El sol! —Chilló Izzie.

Skylar se rio.

—Si, ahora es tu turno.

Lexa agarró mi brazo cuando me detuve cerca de la puerta de la camioneta para seguir vigilando.

—¿Qué sucederá conmigo? Es decir, ahora que mis padres ya no están —preguntó Lexa, su labio temblaba.

—Te quedarás conmigo —dije.

Tenía toda la intención de llevarla a casa conmigo. Si bien no tenía idea de cómo criar a una adolescente, no iba a enviarla a un hogar de acogida y no dejaría que nadie más pusiera sus sucias manos sobre ella.

Lexa se acercó y me envolvió en un abrazo.

Ella sollozó sobre mi pecho.

No estaba acostumbrado a cuando una chica lloraba y mucho menos una niña. Bueno, ella tenía quince años, no era exactamente una niña, pero aún así, ella necesitaba un modelo a seguir. Y yo era la última persona que Lexa debería tomar como ejemplo.

—Te tengo —dije, dándole palmaditas en la espalda mientras la abrazaba—. No dejaré que nadie te vuelva a hacer daño.

Skylar miró en mi dirección. Tenía una línea fruncida en su frente. Ella abrió la boca, pero la cerró rápidamente. Skylar sonrió y regresó su atención a Izzie y a lo que jugaban.

—¡Veo, veo a papi! —Chilló Izzie. Ella señaló a Jaxson mientras él y Mason corrían hacia la camioneta. Sus manos estaban llenas de sangre y sus pantalones estaban igual de sucios.

No me atreví a preguntar qué demonios le habían hecho a DeLuca. El bastardo se merecía todo lo que había recibido.

Jaxson fue el primero en acercarse a la camioneta. Él limpió sus manos sucias sobre sus pantalones como si eso borrara los recuerdos y el derramamiento de sangre.

—Hay una subasta a medianoche —dijo Jaxson —. Necesitamos estar ahí. Tengo las coordenadas del GPS en mi teléfono.

—¿Qué hay de DeLuca? —Pregunté—. ¿Necesitamos preocuparnos por sus hombres?

Mason suspiró pesadamente.

—Él ya no hablará.

CAPÍTULO VEINTICINCO

ARIELLA

Esperé ser arrojada en un sótano o en una bodega, y me pusieran tras rejas de metal en un lugar cutre que me hiciera temer por mi vida.

El collar eléctrico me apretaba. Pero los hombres que nos habían secuestrado nos trajeron a una casa, aunque parecía más una fortaleza.

Estaba fuertemente custodiada desde afuera, incluso más que el último lugar adonde nos habían llevado.

Si bien el último calabozo había sido una especie de área de detención donde literalmente nos mantenían encerradas hasta llegar a nuestro próximo destino, este calabozo era completamente diferente.

Las luces eran tenues al entrar y a mis ojos les tomó un segundo ajustarse. Seguí a las otras chicas, manteniéndome cerca de ellas mientras los hombres nos empujaban por el largo pasillo hacia las escaleras.

Una alfombra roja oscura guiaba el camino hacia las escaleras. Mis botas se hundían en el material afelpado.

¿Jaxson sería capaz de rastrearnos? Tenía que creer que él vendría a rescatarnos. Era solo cuestión de tiempo hasta que saliéramos de este desastre.

Un guardia abrió la puerta a la derecha y todas fuimos llevadas adentro antes de que la puerta se cerrara de un golpe detrás de nosotras.

Una mujer que estaba en sus setentas salió de las sombras, iba vestida con una bata de satén rosa.

—Acérquense —dijo ella, haciéndonos un gesto para que nos acercáramos.

Cuando empezamos a movernos lentamente, ella sacó un dispositivo pequeño, el mismo control remoto que el guardia había usado antes para darnos la descarga a todas nosotras.

Ella presionó el botón, enviando una sacudida de dolor que hizo arder mi cuello.

Me doblé por el dolor.

El fuego quemó mi piel mientras me encogía y caía sobre mis rodillas. Mis manos se movieron de manera instintiva hacia el collar, pero no podía quitármelo.

—Soy Diamond[1] y espero que recuerden, damas, que no pregunto las cosas dos veces —dijo la mujer con una expresión adusta en la cara.

¿Su nombre real era Diamond? ¿Ella había sido alguna vez una de nosotras o ella manejaba la operación?

Ella no tenía nada de empatía.

Nos apresuramos a acercarnos, temerosas de volver a ser electrocutadas por la mujer loca con el control remoto.

—Muy bien —dijo Diamond con un destello en sus ojos—. Encontraran que esto pasará rápido y sin dolor si ustedes siguen mis órdenes la primera vez.

Ella hizo una pequeña pausa y se paseaba lentamente y tenía una ventana detrás de ella. Tenía rejas de hierro forjado, atrapándonos adentro.

Imaginaba que la puerta estaba cerrada con llave detrás de nosotras también. No intenté escaparme. No iba a ser tan fácil, no cuando había docenas de guardias armados dentro y alrededor de las instalaciones.

—Chicas, esta noche ustedes serán las invitadas más valiosas y fabulosas del evento. Como yo, un diamante, deben brillar, sobresalir y resplandecer. Espero que cada una de ustedes se bañe rápidamente. Después deberán vestirse y las peinaremos y maquillaremos. ¿Alguna se opone? —Preguntó ella, revelando el botón oscuro en la palma de su mano.

Nadie dijo nada.

—Perfecto. No sean tímidas. Ustedes son las joyas de la noche y como tal, deberán ser exhibidas para ser examinadas, tocadas e inspeccionadas minuciosamente.

Mi estómago cayó. No éramos joyas. Éramos personas.

Y si bien apreciaba el hecho de que al menos no nos llamaba esclavas sexuales, eso es lo que éramos, estábamos siendo vendidas como esclavas. No importaba el término que utilizara, esta mujer era una enferma.

La mujer me señaló.

—Tú primero, querida. ¿Cuál es tu nombre?

La miré fijamente, insegura de qué decir.

Ella gruñó.

—Bueno, no tengo todo el día.

—Ariella —susurré, temerosa de que Diamond pudiera electrocutarme con sus dedos inquietos.

Ella entrecerró los ojos mientras me miraba. Ella jaló mi mandíbula con brusquedad para examinar mi cara de lado a lado.

—No es lo suficientemente bueno. Desde esta noche, serás Jade. Ahora, apúrate y anda a bañarte. Necesitas lucir presentable para la subasta de esta noche.

No me moví. Mis pies se congelaron en el lugar.

—Rápido, no tenemos todo el día —dijo Diamond.

Ella chasqueó los dedos. Gracias a Dios que no presionó el maldito botón de nuevo. Me apresuré a través de la habitación donde se encontraba un guardia que me señaló la puerta abierta. Esta dio paso directamente al baño que tenía varias casillas individuales con duchas. Sentí como si estuviera de vuelta en la universidad, lo cual sucedió una vida atrás. Hazel iba justo unos metros detrás de mí.

—Aparentemente, parezco una Violet[2]. Por qué no puedo ser Hazel está más allá de mí —murmuró ella.

Le di una sonrisa.

—Ella ama el púrpura.

Ahora no era el momento de bajar la guardia. Necesitábamos esperar al momento adecuado y ser cuidadosas. Necesitaba desvestirme, pero no me emocionaba tener que ducharme cerca de estos monstruos.

Un guardia se mantenía en la entrada al baño. Cada casilla tenía una pared divisoria, pero no tenían cortinas y ciertamente, no había nada de privacidad.

—¿Tenemos que dejarnos esto puesto cuando nos duchemos? —Pregunté, señalando al collar—. No quiero electrocutarme al mojarme.

—La única que puede electrocutarte es la misma *Madam* Diamond o uno de los guardias de mayor rango —dijo el guardia uniformado.

Suspiré pesadamente, pero no me moví de mi posición en la casilla. Todavía tenía que desvestirme.

—El tiempo corre. Tienes cinco minutos aquí. Si no estás reluciente y limpia para entonces, puedes apostar a que ese collar se iluminará como si fuera navidad.

Genial.

Me desvestí lentamente, dejando mi teléfono enterrado dentro de mi bota. ¿Qué otra opción tenía? No era una amenaza vacía. Había sentido el dolor causado por la electricidad y estaba condenadamente segura de no querer volver a sentirlo. Seguiría sus órdenes para poder sobrevivir.

Solo necesitaba darle a Jaxson y al equipo de *Eagle Tactical* un poco más de tiempo.

Ellos venían a rescatarnos e incluso si había un bloqueador de señal como en el último lugar, ellos tenían que haber captado la señal cuando estuvimos afuera o en la furgoneta.

Me agarré de esa pequeña esperanza mientras entraba a la ducha y abría la llave. Si bien no podía ver a Hazel debido a la pared divisoria traslúcida entre nosotras, si podía escuchar sus movimientos mientras se desvestía.

El agua de la ducha se calentó y yo me puse debajo de ésta. Era como una tormenta que caía y me empapaba de los pies a la cabeza.

Dejé que el agua me envolviera mientras me unía por completo con la ducha. Quería lavar la suciedad y el trauma que había soportado, pero sabía que esa era una idea tonta. ¿Cómo podía relajarme cuando estaba lejos de sentirme a salvo?

——Tienes dos minutos, Jade ——dijo el guardia.

Contra la pared se encontraba un dispensador de jabón y champú.

Me apresuré a limpiar el hedor que me envolvía. La suciedad que me cubría era una capa invisible creada por Ben y los otros, como los hombres que hacían guardia y Diamond que tenía el control remoto listo para causar daño a cualquiera que ella considerara indigna. La espuma me cubrió y tan rápido como el agua me empapó, esta se detuvo.

Cerraron la llave de la ducha sin mi consentimiento.

El guardia arrojó una toalla gris en mi dirección.

——Sécate y tira tu ropa en ese cesto de la basura. ——Él señaló al gran bote de la basura cerca de la puerta del baño.

Mierda, mi teléfono se encontraba en mis botas.

Bueno, al menos ya no lo descubrirían. No sería capaz de traerlo conmigo sin que lo notaran. Incluso aunque solo llevaba una toalla, el guardia ni siquiera había apartado la mirada.

Al parecer, la privacidad no era parte de su vocabulario.

Quería hacer un comentario inteligente y preguntarle si quería tomar una foto o sí nunca había visto a una mujer desnuda antes, pero me mordí la lengua. No quería sentir la ira de Diamond o que el grupo de chicas lo hiciera.

Ellas me odiarían si era la única defendiéndome y todas tendríamos que sufrir las consecuencias.

Una de las asistentes de Diamond, cuyo nombre era Iris, me vistió con un negligé negro de satén y tirantes finos que revelaba mucho escote y apenas cubría mi trasero.

Me sentía desnuda.

Ese era probablemente el punto.

Ellas no me habían dejado ponerme bragas, así que seguía bajando el dobladillo de la prenda, pero esto hacía que mostrara más mis senos.

Genial. Iba a estar en exhibición frente a un montón de pervertidos.

Mis manos temblaban y las metí bajo mis brazos, cruzándolos sobre mi pecho para al menos tratar de aparentar algo de modestia.

No estaba cómoda en lo más mínimo y si bien eso debió haber sido lo último que me preocupara dada la presencia de hombres armados y el collar en mi cuello, seguía siendo inquietante.

Iris me peinó y rizó el cabello y sujeto una parte este con broches, dejando algunos mechones sueltos en la parte de atrás.

Ella me maquilló también, enfocándose especialmente en mis ojos y labios.

No había un espejo. No tenía idea de cómo lucía, pero basándome en la apariencia de las otras chicas, ellas tenían mucho delineador y lápiz labial.

De todas maneras, no solía usar mucho maquillaje y cuando lo hacía, solo usaba un poco de brillo o un bálsamo de color para los labios. Esto se sentía demasiado.

Había oscurecido horas atrás.

Mi estómago gruñó.

Los guardias habían traído una pizza para ellos, pero a nosotras solo nos habían dado agua.

¿Estaban tratando de matarnos del hambre? ¿Forzarnos a obedecer?

Ya seguíamos todas sus órdenes.

Las luces se atenuaron y titilaron.

Hazel y yo intercambiamos una mirada rápida.

—¡Chicas! —Diamond aplaudió para llamar nuestra atención—. Es momento de que se revelen ante nuestros invitados. Solo podrán usar el nombre que les hemos otorgado esta noche. Hay cámaras en todos lados, dentro y fuera de la propiedad. Si sospechamos de la más mínima traición, serán castigadas junto a sus compañeras —dijo Diamond.

Ella nos hizo hacer una fila con Hazel y yo siendo las últimas en esta. No tenía ninguna prisa en conocer a los hombres que se encontraban abajo. Seguro eran hombres como Ben, ansiosos por poner sus cochinas manos sobre nosotras.

Diamond dejó que las otras chicas entraran al pasillo. Ella se puso en medio de la fila, evitando que yo caminara antes que Hazel.

—Ustedes dos no son como las otras chicas — dijo Diamond.

Ella se acercó. Sus ojos nos recorrieron de los pies a la cabeza lo que envió un escalofrío por mi columna.

Mis manos temblaban, pero traté de que ella no se diera cuenta.

Hazel y yo permanecimos en silencio.

—No tienen importancia sus pasados, historiales o lo que hicieron para merecer esta vida —dijo Diamond—. Debo darles un consejo que deberán usar sabiamente. Entretengan a estos hombres esta noche y puede que terminen como yo, llenas de fortuna.

Ella sacó un brazalete de oro de su bolsillo. Agarró mi brazo y deslizó el metal sobre mi muñeca, ajustándolo.

—Estaremos escuchando a cada palabra que digas, Jade —dijo Diamond.

Tragué el nudo en mi garganta.

Diamond tomó un segundo brazalete y se lo puso a Hazel en la muñeca.

—Ahora, váyanse. Que la fiesta comience —dijo Diamond. Ella se hizo a un lado, dejando que alcanzáramos a las chicas mientras estas se dirigían a bajar las escaleras con los pies descalzos.

---

1. Diamante. (N. del. T.)
2. Violeta, púrpura. (N. del T.)

CAPÍTULO VEINTISÉIS

JAXSON

Me dirigí de vuelta a las oficinas de *Eagle Tactical* y aparqué al frente de estas.

Mason bajó primero y se dirigió al interior para hablar con Declan y Aiden. Él quería saber qué pasaba con Hazel y si ellos tenían más información desde la última vez que hablamos con ellos hace unos minutos.

Lincoln aparcó junto a mí y apagó el motor.

—Voy a pasar por la clínica para que revisen a Harper.

—¡Estoy bien! —Dijo Harper e hizo un gesto con la mano, quitándole importancia.

Él le dio una mirada.

—Puede que tú lo estés, pero necesito cerciorarme de que nuestro bebé también lo está.

Lexa y Jayden salieron del asiento trasero. Ellos habían regresado con Lincoln.

—¿Les importa si vamos con ustedes? Un doctor probablemente debería examinar a Lexa.

—Estoy bien, tío Jayden —dijo Lexa, rodando los ojos—. Solo quiero irme a casa, darme un baño caliente y relajarme.

Jayden se detuvo, probablemente esperando que alguno de nosotros interviniera.

Quité el cinturón de seguridad de Izzie en el asiento trasero y abrí la puerta principal. Hice una pausa y suspiré con pesadez.

No estaba seguro de cuándo decirle a Skylar que ya no era bienvenida a quedarse conmigo. Ahora parecía un buen momento como cualquier otro.

—Skylar, necesitas conseguir otro lugar donde quedarte. No vuelves a casa con nosotros, excepto para recoger tus cosas.

Los ojos de Skylar se desorbitaron.

—Somos familia, Jaxson. No puedes echarme a la calle.

—¡Claro que puedo, maldición! —Mi voz aumentó a medida que hablaba—. Hiciste que secuestraran a mi hija y a mi novia. Si dependiera de mí, no te volvería a ver jamás. —Me rehusé a apartar la mirada.

Ella necesitaba saber que lo que hizo me dolió. Era más que una traición. Ella había destrozado mi corazón, haciéndome sangrar.

—Tengo trabajo que hacer. Todavía necesitamos rastrear a Hazel y Ariella. Espero que hayas recogido tu mierda y te hayas ido para cuando regrese a casa esta noche.

Skylar metió las manos en los bolsillos de sus pantalones.

—Si eso es lo que quieres.

—No confío en ti y mientras sigas en compañía de él —dije, señalando a Jayden— no eres bienvenida en mi casa.

Ella abrió la boca para decir algo, pero la cerró tan pronto como lo hizo.

Me fui hecho una furia hacia las oficinas, dejando a Skylar varada. Jayden o Lincoln podrían ayudarla si les apetecía. Dudaba que Lincoln le ofreciera su ayuda a Skylar. Si bien ellos habían sido amistosos entre ellos hace unos meses, antes de que él se enamorara de Harper, ella lo había traicionado, justo como me había traicionado a mí.

Izzie se sentó en la mesa donde Ariella trabajaba. Habíamos movido la computadora y le dimos un lápiz y un puñado de bolígrafos de colores para que dibujara en una hoja de papel.

No estábamos preparados para tener a una niña en la oficina. No tenía creyones o un libro para colorear y si bien solía mantener esas cosas en una bolsa en la camioneta, hoy no las tenía.

No había planeado ir de excursión.

—Dime que tienes algo —le dije a Aiden.

Él escribía diligentemente en su teclado.

Mason estaba del lado opuesto con los brazos cruzados. Tenía una expresión seria y la mandíbula apretada.

—Obtuve una nueva ubicación del teléfono de Ariella, la cual coincide con la ubicación que DeLuca nos dio —dijo Aiden.

Él anotó la información en un pedazo de papel y me lo entregó.

—Gracias —dije bruscamente.

—No puedes ir vestido así a la subasta —dijo Declan mientras entraba a la oficina con una taza de café recién hecha en la mano. Él tomó un sorbo de su taza y se quedó de pie junto al marco de la puerta.

—¿Qué tiene de malo mi ropa? —Pregunté y le di un vistazo a mi atuendo. Mis pantalones azul oscuro tenían una mancha de sangre y mi camisa lucía peor.

Él tenía razón...

—¿Tienes algo que me puedas prestar? —Dudaba que ellos tuvieran ropa extra en la oficina—. ¿O tendré que quitarte la ropa que usas? —Pregunté.

—No puedes ir a la subasta —dijo Jayden.

Miré detrás de mí cuando él se apresuraba a llegar hasta nosotros. Skylar se quedó en la puerta, esperando ahí y Lexa le hacía compañía.

—¿Y por qué demonios no? —Pregunté.

Si alguien iba a rescatar a Ariella, ese iba a ser yo.

Mason podía venir también. Él quería rescatar a Hazel y no lo iba a detener. Así como sabía que él no me iba a detener a mí.

Estábamos juntos en esto.

—No sabemos quién está a cargo de la subasta —dijo Jayden—. Podría ser cualquiera y tu nombre es bastante conocido en Breckenridge.

—Todo el mundo sabe que trabajamos para *Eagle Tactical* —murmuró Mason—. ¿Entonces, qué? ¿Solo dejaremos que las chicas sean vendidas a escorias para luego tener que organizar dos misiones de rescate?

Él negó con la cabeza y caminó furiosamente hacia Jayden.

—¡Oye! ¡Solo trato de ayudar! —Jayden alzó los brazos en rendición—. Si quieres ir para que luego no te dejen entrar, entonces por favor, hazlo. Pero si quieres a alguien que pueda entrar y sacar a las chicas, entonces me necesitas.

No me gustaba lo que sea que Jayden tenía en mente. Él era la razón por la que Ariella y Hazel seguían desaparecidas. Le di un vistazo al reloj sobre la pared. El tiempo no estaba a nuestro favor. Si bien podríamos crear identidades falsas e incluso usar disfraces, todo era muy peligroso. Solo se podía asistir a este tipo de eventos con invitación.

—¿Puedes obtener una invitación? —Examiné a Jayden.

Jayden asintió vigorosamente. Él se estaba esforzando mucho.

—Conozco al tipo a cargo de la subasta, Capo Sergio. Él es parte de la familia de DeLuca —dijo Jayden.

¿Estaba tratando de resarcir lo que había hecho o escondía algo de nosotros?

¿Qué otra opción teníamos sino confiar en él?

Mi teléfono sonó en mi bolsillo. ¿Podría ser Ariella? No reconocía el número de teléfono.

—¿Diga? —Respondí la llamada.

—Hola, ¿habla Jaxson?

—Si.

Pude sentir a los chicos mirándome mientras salía de la oficina y le daba un vistazo a Izzie mientras coloreaba. Ella se las arregló para mancharse las manos de tinta, así como en el escritorio.

—Es Delphine. Se suponía que Ariella me recogería del aeropuerto, pero ella no responde al teléfono.

CAPÍTULO VEINTISIETE

JAYDEN

Ella me había visto incluso antes de que pusiera mis ojos sobre ella.

Aún me faltaba ver a Ariella, pero Hazel caminó hacia mí, dándome una sonrisa demasiado seductora.

Traté de aparentar estar calmado y relajado.

El Capo Sergio se detuvo a mi lado.

—¿Ves algo que te guste, mi amigo? —Preguntó él, dándome una palmadita en la espalda—. Puedes llevártela a casa por el precio adecuado.

Aclaré mi garganta.

—Y, ¿cuál sería ese precio exactamente? —La miré de la cabeza a los pies. Necesitaba pretender que estaba decidiendo si ella me interesaba o no.

—Es una subasta silenciosa y solo aceptamos efectivo. No lo olvides —dijo Sergio y agitó su dedo hacia mí—. Te cuento que estas chicas se vuelven más atractivas cuanto más tiempo la tenemos encerradas.

Tuve que reunir todas mis fuerzas para no darle un puñetazo a Capo Sergio. Él era el que estaba a cargo de esta operación, y si bien yo pretendía derribarla, no podía hacerlo solo. Habíamos tenido una discusión acerca de usar un micrófono para luego entregar la información a las autoridades. Pero no podía arriesgarme a que me atraparan.

Ya me estaba manteniendo a flote y apenas sobrevivía, entre Enzo lanzándome a los lobos y luego entregándole mi prometida falsa a los hombres de DeLuca.

Sergio probablemente confiaba en mí tanto como yo confiaba en él.

—Puedes llevarla para probarla —dijo Sergio e hizo un gesto con su dedo índice hacia las habitaciones privadas—. Por supuesto, tienes que pagar un precio, pero ya sabes como funcionan estas cosas. Todo se vale. Nada está fuera de los límites.

—Bien; odio pagar por mercancía echada a perder —dije. Me costó mucho no vomitar cuando escuché las palabras de mi boca.

Tomé a Hazel por las caderas y la apreté contra mí.

—¿Cuánto por una hora con ella?

—Solo veinte minutos como máximo. Otros compradores en potencia deberían de tener una oportunidad con ella también —dijo Sergio—. Cuatrocientos por veinte minutos.

—Maldición —murmuré y saqué cuatro billetes de cien dólares.

Aferré la muñeca de Hazel con la mano y la arrastré con fuerza hacia la *suite* privada y cerré la puerta de un golpe detrás de nosotros. No era un idiota; ellos tenían cámaras en todas partes. ¿Las cámaras estaban en la habitación?

No vi a ninguna, pero eso no significaba nada.

—Soy Violet —dijo Hazel. Su voz tembló mientras retrocedía un paso lejos de mí.

Mis ojos se estrecharon mientras la estudiaba.

Ella y las otras chicas tenían collares negros alrededor de sus cuellos que estaban asegurados con una hebilla de metal. Ella usaba un brazalete dorado en su muñeca y le daba golpecitos al brazalete repetidamente mientras miraba más allá de mí. Hazel tiró de su labio entre sus dientes y no dijo nada más.

—Violet —dije, usando el nombre que me había dado. Si ella no quería que supiera que su nombre era Hazel mientras estábamos a solas, entonces ella probablemente pensaba que los hombres nos estaban escuchando.

—¿Entiendes que te compré por los próximos veinte minutos?

Mi expresión seguía siendo fría y sombría mientras la jalaba del brazo con el brazalete hacia mí. Mis dedos juguetearon con el brazalete mientras mi mirada se quedaba fija en sus ojos.

—Si, lo entiendo —dijo Hazel. Ella se acercó más y se subió a mi regazo.

¿Quizás ella pensaba que nos estaban observando también?

No creía que ella quisiera estar cerca de mí de otra manera.

—Supón que estoy interesado en comprar más de una chica. ¿Hay alguien más que podría captar mi interés tanto como tú? —Pregunté—. Me gustan las chicas de cabello castaño, ojos conmovedores y con un poco de chispa. —Tenía que ser cuidadoso de que nadie descifrara lo que hablábamos y le encontrara sentido.

—Yo... si, quizás te guste Jade —dijo Hazel.

—Bien. —Sonreí con los labios apretados.

Estaría mintiendo si dijera que estaba sorprendido de que ellos obligaran a las chicas a usar diferentes nombres.

—Dime, Violet, ¿por qué tendría que comprarte a ti cuando podría obtener a cualquier mujer de este lugar? —Solo pregunté porque sabía que estaban escuchando.

Ella abrió la boca para luego cerrarla rápidamente.

Alcé una ceja, esperando su respuesta.

Hazel suspiró pesadamente y se acercó más. Sus dedos recorrieron mi cabello mientras sus labios alcanzaban mi oído para que solo yo pudiera escuchar su susurro.

—Porque si no lo haces, Mason te cazará y te matará.

Ella no se equivocaba.

Tenía varios miles de dólares en efectivo y tenía la mayoría conmigo, pero unos pocos miles estaban escondidos en la camioneta afuera.

Había estado preocupado de que pudieran robarme si llevaba todo el efectivo conmigo.

Lo cierto era que no tenía idea de cuánto costaría y lo que una persona pujaría en una subasta silenciosa. No era como si pudiera preguntarle a alguien. Capo Sergio estaba en el medio del salón. Las luces se atenuaron y él llevaba un micrófono en su mano izquierda.

—El momento culminante de la noche por el que todos han estado esperando pacientemente, los ganadores de la subasta silenciosa —dijo Sergio.

Él sonrió perversamente y recibió una pila de tarjetas de una mujer mayor que no reconocí y que iba vestida con un traje dorado brillante que relucía como un candelabro bajo las luces.

——Gracias ——le dijo Sergio.

Las chicas formaban una fila contra la pared y él le hizo un gesto a la primera chica para que se uniera a él.

——Nuestro primer premio de la noche, Ruby, se irá a casa con Rafael. Puedes pagarme a mí o traerle el dinero a Diamond para reclamar tu premio. ——Él señaló a la mujer con el traje dorado.

Ruby caminó hacia el lado opuesto del salón para detenerse junto a Diamond. La joven pelirroja lucía bastante atemorizada mientras esperaba a que Rafael completara su compra. Si pudiera salvar a cada chica aquí esta noche, lo haría, pero esa no era la razón por la que había venido a la subasta. Estaba aquí por Ariella y Hazel, o, mejor dicho, Jade y Violet.

La subasta continuó, chica tras chica, venta tras venta.

Mi estómago cayó mientras veía a las chicas ser forzadas a irse con un extraño; la mayoría eran hombres que no reconocía. Sin embargo, unos cuantos eran parte del equipo de DeLuca y no habían estado en el recinto por lo que había notado más temprano ese día.

Si hubieran estado ahí, ya me habrían matado.

Afortunadamente, mi tapadera no había sido descubierta.

¿Sabían que Ángelo DeLuca estaba muerto? Dudaba que fuera el fin de la familia DeLuca. Otro jefe tomaría su lugar. ¿Sería Gino su segundo al mando?

—La siguiente que tenemos esta noche es Violet. Violet, por favor da un paso hacia adelante —dijo Sergio y ella dudó antes de hacer lo que le ordenaron.

Ella subió al escenario y contuvo el aliento.

Ella no era la única.

¿Qué si no había pujado lo suficiente para llevarla a casa conmigo? No tenía idea de cuanto costaba y tenía que dividir la cantidad entre Ariella y Hazel.

¿Qué pasaba si no podía costear ninguna de ellas?

—Violet, esta noche te irás a casa con Jayden.

Suspiré aliviado... Una menos.

Ella cruzó la sala y se dirigió hacia Diamond, a quien le iba a pagar finalmente para que ella me acompañara a casa.

—Y la última de la noche, nuestra gema más preciada, Jade.

No había visto a Ariella en toda la noche. ¿Otros hombres habían comprado su tiempo? ¿Alguien más tenía un fuerte interés en ella?

Capo Sergio miró la tarjeta en su mano y la guardó en su bolsillo trasero.

—Jade vendrá a casa conmigo.

CAPÍTULO VEINTIOCHO

JAXSON

—¿Qué quieres decir con que solo pudiste sacar a una de las chicas? Te dimos el dinero suficiente para pagar por Ariella y Hazel.

¡Esto no podía estar pasando!

La habitación dio vueltas y cerré los ojos, pinchando mi ceño.

Si bien estaba aliviado de que Hazel estaba a salvo y se iba a reunir en cualquier momento con Mason, me enfermaba el pensar lo que le sucedería a Ariella.

No debí haberme ido a casa. Aiden y Declan me convencieron que llevara a Izzie a casa.

Nunca debí dejar que Jayden se encargara de la misión.

—Capo Sergio, el bastardo a cargo de la subasta, se quedó con Jade, es decir, Ariella. No importó cuánto dinero le ofrecí. Él siempre tuvo la intención de quedársela.

—¡Maldición! —Estrellé mi puño contra la mesa de la cocina.

Izzie estaba metida en su cama, arriba, dormida. Hice una mueca. Con suerte, no la desperté. Traté de escuchar ruidos en la parte de arriba, pero no escuché nada.

Bien. Suspiré con pesadez.

—Necesito saber todo sobre Capo Sergio. ¿Vive en el lugar donde sucedió la subasta? —Necesitábamos saber adónde se había llevado a Ariella.

—No, él tiene una casa en un terreno a las afueras del pueblo. —Jayden hizo una pausa como si se hubiera mordido la lengua y no me estuviera contando algo.

—Si sabes en donde vive, entonces iremos allí esta noche. —No iba a esperar a que se hiciera de día para ir a rescatarla.

—No.

—¿Qué quieres decir con no? —Pregunté.

Todo esto era su culpa.

Jayden no tenía por qué venir conmigo. Demonios, si él quería quedarse en casa y jugar a las casitas con Skylar o lo que sea, él podía haberlo. Solo necesitaba saber en dónde vivía Sergio, así podía planear una misión de rescate para sacar a Ariella de ahí.

—Sergio es un enfermo —dijo Jayden y se detuvo por un momento.

—No tengo todo el día. —Estaba perdiendo la paciencia con Jayden.

—Él hace parecer como un día de campo lo que le pasó a Los Marginados.

La mayoría de Los Marginados habían sido asesinados a sangre fría por la mafia rusa hace unos meses. Jayden y Emma fueron los únicos que sobrevivieron, hasta donde se sabe.

Lo último que escuché fue que habían esposado a Emma y ella se había declarado culpable de media docena de cargos criminales.

Estaba sorprendido de que Jayden no estuviera tras las rejas con ella. Después de todo, él había sido uno de los hombres armados en la toma de rehenes que ocurrió en el complejo turístico *Blue Sky*.

Emma había sido la de la idea detrás de la operación, pero Jayden tampoco era tan inocente.

Él tenía un pasado oscuro, pero estaba empezando a entenderlo y descubrirlo porque todo conducía a su familia y el encontrar a su sobrina Lexa.

——¿Qué estás sugiriendo? ——Pregunté.

La opinión de Jayden era importante para mí, especialmente cuando se trataba de Sergio y la familia DeLuca. Él sabía más de la mafia que yo. Yo había hecho todo lo posible para evitarlos.

——Sergio no va a tocar a tu chica esta noche. Él siempre regresa a casa después de una de estas fiestas, se emborracha y cae desmayado.

——¿Y sabes esto porque...?

¿Podía confiarme que él no tocaría a Ariella? ¿Qué tan seguro estaba Jayden? No podía mirarlo a los ojos a través del teléfono. Tenía que confiar en él y mi instinto me decía que él era honesto.

——He sido invitado a una fiesta o dos ——confesó Jayden——. Ariella no es la primera chica que él se ha llevado con él. Debí haberme dado cuenta que él la elegiría a ella. Ella es definitivamente su tipo. Pero te lo aseguro, él no la tocará hasta mañana y todo habrá terminado para el final de la próxima semana.

Mi estómago se hizo añicos.

——¿Por qué?

——Él las envía a una cacería antes de la siguiente subasta. Nunca he conocido a alguna chica que escapara.

CAPÍTULO VEINTINUEVE

JAYDEN

No debí haberle contado a Jaxson sobre la cacería. Él nunca me dejaría ir a casa esta noche, meterme en la cama y obtener unas horas de sueño.

—¿Me estás diciendo que él va a enviar a Ariella, no lo sé, a las montañas y la va a cazar por deporte?

Mi boca estaba seca. Mis ojos estaban borrosos.

Ya había dejado a Hazel con Mason y estaba de camino a mi casa.

—Eso es correcto. Capo Sergio es un bastardo, pero él nunca lo ha hecho antes de follarle los sesos a las mujeres que compra. Así que tienes una semana antes de que se aburra de la misma chica y quiera un nuevo juguete.

—No puedo... no hay manera en que pueda quedarme tranquilo y escuchar esto. ¿Cuál es la dirección?

Si bien era una pregunta, sabía sin lugar a dudas que Jaxson no estaba preguntando. Él me estaba exigiendo que le dijera en dónde vivía Sergio. Mis ojos eran borrosos y me ardían. Quería dormir unas cuantas horas antes de que saliera el sol.

—No vas a ir solo —dije.

Se necesitaban al menos dos hombres para el rescate. Uno tenía que matar a Sergio y el otro tenía que rescatar a Ariella.

Sergio no le abriría la puerta a Jaxson. Él confiaría en mí y me dejaría entrar a su casa.

Jaxson podría escabullirse dentro y ayudar a Ariella mientras yo distraía a Sergio. Si solo fuera tan sencillo.

—No me importa si vienes conmigo o no, pero no voy a dejar a Ariella allí otro minuto más —dijo Jaxson.

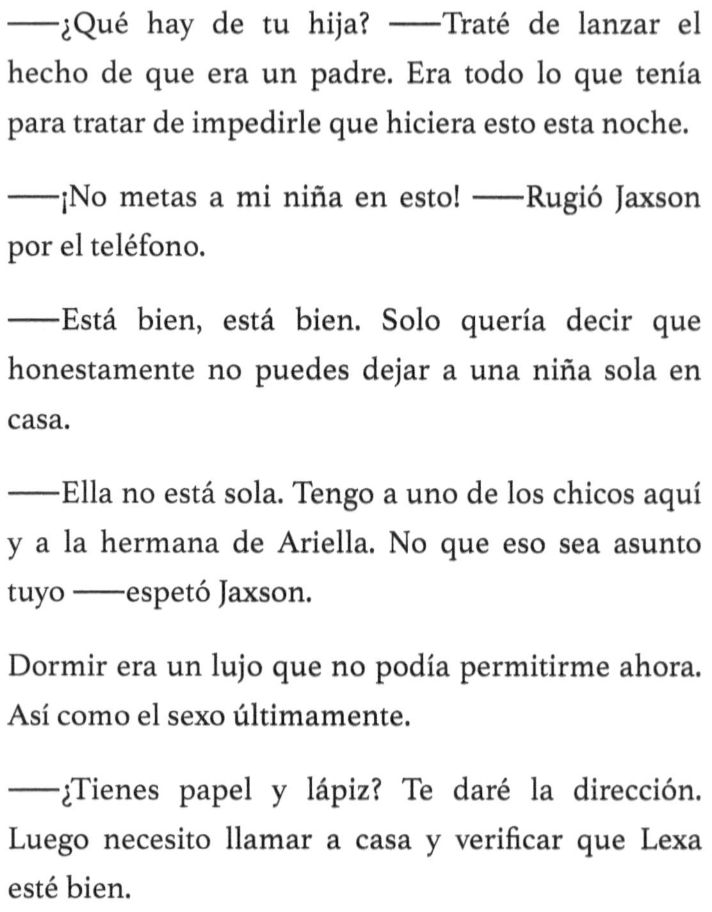

—¿Qué hay de tu hija? —Traté de lanzar el hecho de que era un padre. Era todo lo que tenía para tratar de impedirle que hiciera esto esta noche.

—¡No metas a mi niña en esto! —Rugió Jaxson por el teléfono.

—Está bien, está bien. Solo quería decir que honestamente no puedes dejar a una niña sola en casa.

—Ella no está sola. Tengo a uno de los chicos aquí y a la hermana de Ariella. No que eso sea asunto tuyo —espetó Jaxson.

Dormir era un lujo que no podía permitirme ahora. Así como el sexo últimamente.

—¿Tienes papel y lápiz? Te daré la dirección. Luego necesito llamar a casa y verificar que Lexa esté bien.

—Es de madrugada —dijo Jaxson—. Deja que la pobre chica duerma.

Si. Ahora podía entender cómo se sentía.

Le pasé la información con la dirección y luego acordé dirigirme directamente hacia allí mientras él me llevara una taza de café. No me importaba si él lo hacía en casa o tenía una botella de café helado en su refrigerador que traería con él. Necesitaba la sacudida extra que me daría la cafeína para mantenerme despierto.

Íbamos en una misión para rescatar a Ariella y no quería quedarme dormido antes de que mi cabeza pudiera caer sobre la almohada.

CAPÍTULO TREINTA

ARIELLA

Debería de estar agradecida de que me quitaron el collar y el brazalete. Sergio pudo haberme robado para sí mismo, pero no tenía la intención de enviar electricidad palpitante a través de mi cuello.

¿Quizás él no era un sádico?

Seguía sin confiar en él.Él me encerró en el asiento trasero de su camioneta negra, me cubrió la cabeza con una capucha y nos condujo por cerca de veinte minutos.

La carretera había sido bastante irregular. El viaje estuvo lleno de baches. No sentí como si anduviéramos por alguna carretera principal.

Dudaba que a Sergio le preocupara ser visto. Seguro vivía a las afueras de las carreteras más concurridas, aunque no tanto a los márgenes. Sospechaba que tenía electricidad y todas las cosas finas que el dinero podía comprar.

No me equivocaba...

—Vamos —dijo Sergio, su voz era brusca y áspera. Arrastraba las palabras un poco mientras me agarraba del brazo y me sacaba del asiento trasero.

—No puedo ver nada —dije recordándole la capucha que tenía sobre mi cabeza. Era difícil no tropezarme en el terreno lleno de piedras.

Él no tenía un camino de acceso pavimentado, o si lo tenía, había decidido no usarlo.

—Ese es el punto —dijo él.

El césped y las piedras rozaban mis pies descalzos.

Extrañaba mis botas de cuero aún más, sin mencionar mi teléfono, que había sido arrojado a la basura. Amaba esos zapatos e incluso había gastado una pequeña fortuna en ellos porque pensé que lucían fantásticos con unos pantalones vaqueros. Dudaba que los recuperara y tratar de amoldar un nuevo par sería un infierno para mis pies.

¿Cómo me encontraría Jaxson?

—Sube el escalón —instruyó Sergio.

Subí el escalón cuidadosamente solo para sentir la madera cálida bajo mis dedos de los pies.

¿Era un porche?

No crujió, pero eso era probablemente porque no era viejo o endeble tampoco. Sergio era un mafioso y probablemente nadaba en dinero, o al menos, así era como lo imaginaba, especialmente luego de que se hiciera cargo de la subasta.

Él claramente era el que la manejaba, de otra manera, alguien habría intervenido cuando él decidió llevarme a casa.

Podía escuchar el tintineo de las llaves y el sonido metálico que hizo una de las llaves mientras la metía en la cerradura.

Entraríamos pronto.

¿Qué si huía corriendo? Mis manos no estaban atadas. Podría quitarme la bolsa de la cabeza y salir corriendo. ¿Qué tan lejos llegaría? ¿Tenía su arma al alcance de la mano?

Estaba segura de que tenía un arma y él probablemente me dispararía a la primera oportunidad que tuviera, especialmente dado que no pagó ni un centavo por mí.

La bisagra de la puerta principal rechinó mientras él la abría. Bueno, suponía que era la puerta principal.

Mi corazón latía como si fuera un bote estrellándose contra las piedras en una tormenta. El sudor me cubría por completo, pero sabía que no hacía calor en el exterior.

Mi estómago dio un salto mortal.Tenía que actuar ahora mismo.

Corrí.

Me quité la tela que cubría mi cara en mi búsqueda por mi libertad. Me tropecé con el escalón del porche, pero eso no me detuvo en mi huida.

Corrí tan rápido como mis piernas me lo permitieron. Mis pantorrillas ardían, pero no me importaba. Me rehusaba a ir más lento o a acobardarme ante Sergio, o ante cualquier hombre que pensaba que podría comprarme.

No era propiedad de nadie.

Seguía oscuro afuera y mis pies corrían sobre la grava del denso bosque.

Más que nada deseaba estar usando mis botas o algo que protegiera las plantas de mis pies. Corrí a través de ramas y hojas, cardos y piedras.

Todo lo que cubría el suelo del bosque era aplastado bajo mi peso mientras me alejaba por completo de la propiedad.

No tenía idea de adonde me dirigía, solo sabía que necesitaba ayuda.

Ni siquiera me había volteado, ni tampoco reduje la velocidad para mirar a Sergio.

Él no me había perseguido y lo había encontrado extraño y casi inquietante por un breve momento. No podía reducir la velocidad.

No le iba a dar el tiempo suficiente para que me alcanzara si había tenido la intención de ir a ponerse zapatos deportivos o cambiarse de ropa. No tenía la más mínima idea de por qué me había dejado huir, pero no iba a cuestionar su decisión.

Claro, había osos en el bosque, osos pardos. Las criaturas más crueles y mortíferas. Era posible que también hubiera lobos. No estaba muy segura de cuántas bestias salvajes había en el bosque.

No había vivido en Breckenridge por mucho tiempo y ciertamente no había crecido por aquí. No podía pensar en lo que había en el bosque, durmiendo o buscando su comida. Escapar se había convertido en la única manera de sobrevivir.

¿Era libre?

Mi pecho dolía con una intensidad alarmante que hizo a mis ojos arder y llenarse de lágrimas.

Disminuir la velocidad haría que me mataran.

Había sentido este tipo de dolor antes, como si el pecho estuviera siendo aplastado. Era agonía pura. No me detuve. No estaba muriendo. No era un ataque cardiaco. Tenía problemas que hacían que mi corazón literalmente se saltara un latido, por supuesto. Se sentía como el infierno gracias a la taquicardia y la disfunción autonómica que padecía.

Pero no me mataría realmente.

¿Verdad?

Me aseguraba de tomar mis medicinas dos veces al día. Había seguido la rutina religiosamente y nunca me perdía una dosis porque me destrozaba cuando lo hacía e incluso alteraba mi vida al día siguiente. Perder una dosis no habría sido el fin del mundo si no estuviera en una situación de estrés agudo. Correr por mi vida no ayudaba a aliviar mis síntomas.

Deseaba poder tener mi teléfono para llamar a Jaxson más que nada. Hice una mueca cuando recordé que Delphine llegaba esta noche.

¡Mierda!

¿Me perdonaría por no recogerla en el aeropuerto? Estábamos reconectando finalmente y yo la había dejado varada.

Eso es lo que ella diría.

Ya podía escuchar su regaño y su mirada de descontento.

Me rehusé a disminuir la velocidad y seguí corriendo a través del bosque. ¿Podría llegar a una carretera, una casa o ver alguna señal de civilización?

Breckenridge podría ser un pueblo pequeño, pero terminaría ahí eventualmente, ¿cierto?

¿Qué si iba en la dirección opuesta?

El mundo a mi alrededor giraba mientras corría. Los árboles se balancearon y yo me agarré de la corteza áspera de uno de ellos para sostenerme.

Jadeaba por aire y no podía permitirme reducir la velocidad.

En la distancia se escuchó el crujido de los neumáticos sobre la grava.

No podía determinar si el vehículo se dirigía hacia la casa de Sergio o se alejaba de esta. No creí haberme dado la vuelta, pero el bosque parecía no terminar nunca.

¿Quién visitaría a Sergio de madrugada? Nadie.

Si bien quería creer que era Jaxson, él probablemente no tenía idea de donde estaba o cómo encontrarme.

¿Jayden siquiera había tenido la intención de asegurar mi libertad o solo la de Hazel? Sabía que los antiguos compañeros militares se llevaban mal, pero no sabía que tanto.

Se escuchó el disparo de una escopeta detrás y yo me lancé al suelo del bosque.

No había escuchado pasos. Él había sido silencioso. ¿A menos que él hubiera conducido cerca y me apuntara a través de la ventana del vehículo?

Me alejé más de la carretera, a través del bosque, hasta que corrí directamente hacia una valla de metal que se cernía sobre mí.

Estaba atrapada.

CAPÍTULO TREINTA Y UNO

JAXSON

Ella estaba por ahí completamente sola y yo era el único que podía salvarla.

Jayden y yo aparcamos fuera de la casa de Sergio. La puerta había sido dejada abierta y la casa había sido abandonada.

Si bien había esperado un montón de hombres custodiando su casa como lo estaba la de Ángelo, lo cierto era que Sergio no era un jefe de la mafia. Al menos no todavía.

No sabía quién tomaría el lugar de Ángelo, probablemente Gino, su segundo al mando, pero había habido guerras entre tales hombres por menos que eso.

Jayden desenfundó su arma mientras registrábamos rápidamente la casa y el perímetro.

—No pudieron haberse ido lejos —dije. Me detuve y me agaché para recoger una capucha de algodón oscura.

Jayden le dio un vistazo a la tela que tenía en la mano.

—¿Crees que ella huyó? —Preguntó él.

—Claro que lo creo.

Ariella era una guerrera y ella haría todo lo que fuera posible para sobrevivir. Sabía que tomaría cualquier oportunidad para escapar.

Suspiré nerviosamente. Estaba asustado por ella. Ella había pasado por el infierno en solo un día y probablemente estaba cansada, exhausta y ni siquiera quería pensar en las consecuencias que eso traería para su salud.

¿Sería capaz de correr y escapar?

Yo estaba en forma y aun así probablemente estaría cansado luego de ser arrastrado, llevado de un recinto a otro y vendido como un esclavo en una subasta.

El trauma que ella tuvo que soportar por su cuenta era impactante y pensar que Sergio seguía persiguiéndola. Decir que estaba preocupado era quedarse corto.

El bastardo no se iba a rendir. No tan fácilmente.

Ariella tampoco se rendiría. Ella lucharía hasta el final.

——Necesitamos separarnos y encontrarla antes de que sea demasiado tarde. ——Desenfundé el arma sobre mi cadera.

El bosque se extendía más de lo que podía ver y tenía un camino serpenteante de grava que había recorrido antes.

No la había visto al otro lado del camino y francamente, ella podría estar en cualquier lugar.

Se escuchó el disparo de una escopeta en la distancia.

—Ella tiene que estar por ahí —señalé hacia donde había escuchado el disparo.

—Tiene que ser que él la está cazando —murmuró Jayden en voz baja.

—O puede que la esté persiguiendo porque ella huyó de él.

El caso era que ella había intentado huir y eso dio como resultado que Sergio la cazara con una escopeta.

Ella estaba en peligro en cualquier caso y necesitaba encontrarla antes que Sergio.

—¿Crees que él la haya visto?

No reduje la velocidad cuando abrí la cerradura de mi camioneta. Abrí el bolso con mi equipo táctico y saqué un par de lentes de visión nocturna. Era la única manera de encontrarlos en la oscuridad. Probablemente ella no había sido cuidadosa al escapar y examinar los matorrales y las ramas rotas tomaba mucho tiempo. Con suerte, ellos no estaban muy lejos.

Le arrojé un segundo par a Jayden.

—Necesitamos encontrar a Ariella antes de que Sergio lo haga.

—Puede que ya sea demasiado tarde —dijo Jayden.

No iba a aceptar la derrota. Sólo habíamos escuchado un disparo. Ariella no gritó y Sergio no hizo ningún sonido de victoria. Me equipé con un chaleco antibalas y dejé que Jayden encontrara por sí mismo cualquier equipo adicional mío que quedara. Tomé una segunda pistola y la metí dentro de mis botas y una pistola semiautomática que aseguré alrededor de mi hombro.

No iba a tomar riesgos.

Corrí hacia la oscuridad y mis pies no eran silenciosos en lo más mínimo ya que mis botas aplastaban hojas y pisaba ramas. Quizás debería llamar la atención de Sergio y él dejaría a Ariella en paz.

Esa era la esperanza que tenía.

¿Saldría de acuerdo con el plan? Probablemente no.

Al menos él sabía que había alguien más en el bosque tras él.

Él no estaba solo y Ariella tampoco lo estaba.

Jayden se mantuvo cerca de mí. Solo le tomó un minuto alcanzarme y pisarme los talones.

—¿Nos dispersamos?

Solo éramos nosotros dos.

—No, no queremos que él nos vea a los dos si tiene el equipo —dije. Si bien no quería que me dispararan, también estaba dispuesto a morir para asegurarme de que Ariella estaría a salvo y si eso significaba que Jayden la encontraría a tiempo, entonces que así sea. Observé al suelo y vi una rama rota, la cual era una señal de que ellos habían venido por este camino a través del bosque.

—No te detengas —le susurré calladamente. El sonido viajaba a través del bosque y siempre lo hacía más lejos durante la noche y aunque estaba tratando de mantener la voz baja, mis pies no eran muy silenciosos.

—¿Escuchas algo? —Preguntó Jayden.

—No, nada. —No había detectado ninguna señal de vida. Debí haber traído equipo capaz de detectar señales térmicas, pero este se encontraba en las oficinas de *Eagle Tactical*.

No teníamos tiempo de llamar refuerzos o para pedir equipo adicional.

La vida de Ariella estaba en peligro y Sergio podría encontrarla en cualquier momento y dispararle, o peor, matarnos y arrastrarla de vuelta para que sea su esclava sexual.

La bilis subió por mi garganta con el pensamiento asqueroso de lo que él le haría a ella.

Ella era *mi* Ariella.

Preferiría morir que dejar que él le ponga una mano encima.

Se escuchó un segundo disparo.

Esta vez iba dirigido a nosotros y nos rozó, perforando a un árbol cercano.

No pude ver a nadie con los lentes. Alcé la mano para indicarle a Jayden que esperara.

Sergio tenía que estar escondido.

¿Se escondía detrás de un árbol?

¿En dónde más podría estar? No vi nada más y no había señal de él. Ninguna señal de movimiento.

Mis ojos se estrecharon y se movieron hacia la escopeta que logré divisar.

—Agáchate. —Alcancé a Jayden detrás de mí y lo tiré al suelo conmigo.

Sergio nos había divisado.

CAPÍTULO TREINTA Y DOS

JAYDEN

Se escucharon pasos pesados sobre el suelo mientras Sergio corría en nuestra dirección. Jaxson me había salvado la vida.

Mierda.

No tendría importancia. En cualquier momento, él nos encontraría tumbados sobre el suelo. Teníamos que pensar y movernos rápido. Le di un vistazo a mi compañero por solo un segundo y él me dio un asentimiento rápido.

Él tuvo la misma idea.

Teníamos que separarnos.

—La encontraré. Tú hazte cargo de él —Jaxson estaba furioso.

Él no era muy silencioso.

¿No sabía cómo susurrar? ¿Acaso quería revelarle nuestra ubicación a Sergio? Estaba condenadamente seguro de que no quería que él nos localizara.

Respiré profundamente.

Era ahora o nunca. Jaxson se había gateando sobre el suelo, escondido entre los arbustos y las ramas y luego lo vi levantarse y correr para encontrar a Ariella.

¿La había visto? Solo podía ver a Sergio correr hacia mí.

Traté de alcanzar mi arma solo para encontrar que el gatillo se había atascado.

Genial. Jaxson me había dado un arma inservible.

Tiré el arma y usé los puños para apartar la escopeta de mí mientras él apuntaba a mi pecho.

Volteé el arma y escuché el chasquido al romperse de su dedo índice.

Sergio arrojó su arma y se lanzó hacia mí. Sus manos rodearon mi cuello. Me sujetaba fuertemente y se me hizo difícil respirar.

Le di un rodillazo en la entrepierna mientras rodábamos sobre la superficie sólida y los palos y ramas nos pinchaban.

—¡Jodido bastardo! —Espeté mientras le clavaba los pulgares en los ojos a Sergio.

Él gritó y me soltó la garganta por un momento que fue suficiente para respirar profundamente e inhalar aire.

No duró mucho. Él agarró mi arma con el gatillo atascado y trató de dispararla lejos de mi dirección.

—¿Yo soy el bastardo? —Se burló él—. Vienes a mi casa y me robas a una de mis chicas y ¿luego te pones a pelear conmigo?

¿Estaba tratando de dispararle a Jaxson? ¿Ya él había encontrado a Ariella?

No podía verlos. Mi atención estaba completamente en mi propia supervivencia y en detener a Sergio.

—Pagué por ella, justa y limpiamente. —Me

enfermaba el pensar que prácticamente habíamos financiado a la mafia al darles dinero.

¿Qué otra opción teníamos? Había sido lo correcto en ese momento para salvar a Hazel. Si solo hubiera podido hacer lo mismo por Ariella, no estaríamos aquí en la noche, peleando por nuestras vidas. Sergio no había usado su mano dominante, pero él tenía el arma en su otra mano y presionaba el gatillo continuamente hasta que finalmente se disparó.

Mierda.

La risa siniestra de Sergio hizo eco a través del bosque. Él rodó lejos de mí y empezó a disparar en la oscuridad de la noche, apuntando al bosque, bala tras bala en cada dirección.

Escuché el grito agudo de una mujer...Tenía que ser Ariella.

¿Le había disparado?

Ni siquiera debí darle la oportunidad a Sergio de que tomara el arma. Esto era mi culpa.

Todo era mi culpa. Yo había causado esto y si bien solo me había involucrado con Enzo y Ángelo para encontrar a mi sobrina, tenía mis manos manchadas con la sangre de todos.

Era tan culpable como la mafia.

CAPÍTULO TREINTA Y TRES

ARIELLA

Tenía la espalda contra la valla metálica y miré hacia el alambrado.

No había manera de escalar la valla sin salir herida. No tenía zapatos, usaba un pequeño camisón y no tenía ropa interior.

Era como si fuera a mutilarme a mí misma a propósito.

Un disparo se escuchó a través del viento.

Sergio...

Tal vez el escalar la valla no era la peor idea del mundo.

Un gruñido se escuchó a la distancia.

Maldición, ¿era eso un oso? No, los osos no salían en la noche, ¿cierto? No tenía idea de si ellos eran animales nocturnos. Nunca había visto uno, excepto en el zoológico y nunca quise estar cerca de uno tampoco.

Rodeé la valla y deslicé mis dedos a través del metal, esperando encontrar alguna ruptura, un desgarro o alguna otra manera de escapar. Traté de ser lo más silenciosa posible. El disparo que había escuchado no me había herido.

¿Sergio había disparado como advertencia? Había esperado que él me gritara, indicando que quería que regresara a casa con él o si no me mataría.

Solo se escuchó el silencio como respuesta. Tragué el nudo en mi garganta. ¿Tenía miedo? Si, estaba aterrorizada. Pero no podía quedarme quieta. Me rehusaba a esperar que me dispararan o me golpearan para luego ser violada o torturada por un monstruo.

Tener la valla metálica a mi espalda era riesgoso. Indicaba el final de la propiedad. O al menos, suponía que por eso estaba ahí, pero también me atrapaba si él se acercaba más.

—Tch, tch. —Sergio chasqueó la lengua desde la distancia.

Mi estómago se tensó y yo me paralice.

Quizás él podría escuchar mis pasos. Si no me movía, ¿sería incapaz de encontrarme? Permanecí completamente quieta en la tranquilidad de la noche.

Contuve el aliento y escuché el sonido del viento que batía las hojas y acariciaba los árboles, causando que se balancearan.

Yo también sentía como me balanceaba. No por el viento, sino por el cansancio. Quería hacerme un ovillo, acostarme y dormir por una semana.

Mi adrenalina tenía una idea diferente. El temblor en mis manos no había cesado, pero al manos él no podía escuchar mis manos. Mi cuerpo entero se sacudía por los temblores. Pronto él escucharía el traqueteo de la valla.

Me alejé del metal.

Necesitaba un refugio.

¿Habría una cueva cerca? Quizás un árbol o una piedra grande donde pudiera escabullirme para ocultarme y pasar desapercibida. ¿Sergio conocía el bosque de memoria? ¿Venía seguido al área? Este era su hogar, su propiedad. Tenía que asumir que él conocía cada centímetro del bosque.

Sus pasos se alejaron. Él salió corriendo en la dirección opuesta.

¿A dónde iba? ¿Se había rendido? Suspiré nerviosa y me mantuve quieta por otro minuto antes de dirigirme de manera silenciosa hacia la carretera. O al menos, esa era la dirección que creía estar dirigiéndome.

Más temprano, había escuchado el sonido de un vehículo, tráfico, lo que significaba que había personas cerca.

Necesitaba encontrar a quien sea que estuviera por ahí y pedirle ayuda. Con suerte, no serían amigos de Sergio y parte de su pandilla.

El tiempo parecía haberse detenido. Escuché disparos de escopeta en la dirección opuesta.

¿Jaxson y el equipo habían venido a rescatarme? Escuché un altercado en la distancia.

¡Mierda!

Los ojos se me llenaron de lágrimas. Me seguí moviendo. No podía detenerme. Apuré el paso a través del bosque. Mis piernas ardían. Mis pies palpitaban y los tenía a carne viva, pero no disminuí la velocidad. ¿Qué si Sergio le había disparado a quién sea que había venido a ayudarme? ¿Qué si nadie me encontraba? ¿Qué si nadie me salvaba? Necesitaba salvarme a mí misma.

Corrí tan rápido como pude. Me alejé de la valla y mantuve el ritmo, rehusándome a disminuir la velocidad incluso cuando mis pies estaban a carne viva y heridos con cortes y rasguños.

Una mano cubrió mi boca.

Abrí la boca para gritar y morder al asaltante.

—Shhh, soy yo, Pecas. —El susurro cálido de Jaxson llegó a mis oídos.

Nunca había estado tan aliviada de escuchar ese apodo o de sentir su cuerpo apretado contra el mío. Mi cuerpo temblaba y las lágrimas empezaron a correr como si fueran un río.

—Respira —dijo Jaxson. Su voz era suave y tranquilizadora—. Jayden está con Sergio. Todavía no termina.

No era momento de alegrarme.

Las balas llovían por el aire. Jaxson me lanzó rápidamente hacia el suelo, cubriendo mi cuerpo con el suyo mientras las balas venían desde el mismo lugar.

—Bueno, ya sabemos dónde está Sergio —dijo Jaxson—. Necesito sacarte de aquí y ayudar a Jayden. ¿Puedes quedarte en el suelo?

—No me dejes —susurré. Nunca había sonado tan indefensa en mi vida.

No quería estar indefensa. Quería ser valiente, pero tenía miedo.

—¿Quién más está contigo?

Los otros miembros de *Eagle Tactical* tenían que estar por ahí y podrían ayudar.

—Estamos solo Jayden y yo.

Gemí en protesta. No quería que nada le sucediera a él.

Él se quitó su chaleco.

—Ten, ponte esto.

—¿Qué? No. —No podía tomarlo. Él tenía una niña en casa. Yo tenía... bueno, me tenía a mí. Eso era todo.

—Lo vas a usar. No discutas conmigo —dijo Jaxson con voz firme. Él ya había tomado su decisión y no iba a convencerlo, no importa cuánto lo intentara.

Lo cierto era que no lo intenté mucho. Estaba aterrorizada y Sergio me quería muerta. Él seguramente también quería a Jaxson y a Jayden muertos también, pero ellos solían pertenecer a las fuerzas especiales. Ellos tenían entrenamiento militar. Yo no.

Me quedé en el suelo como cobarde y Jaxson me ayudó rápidamente a ponerme el chaleco.

Él estaba arriesgando su vida por mí.

—Espera —susurré acercándolo más a mí. Mis labios se estrellaron contra los suyos.

Si este era el adiós, no quería que sucediera sin que él supiera cómo me siento.

——Te amo ——dije contra sus labios.

Jaxson se apartó y me dio una sonrisa de lado.

——¿Sí? Lo sé. También te amo, Pecas. ——Sus labios devoraron los míos una vez más antes de que retrocediera——- Quédate aquí en el suelo. Necesito saber dónde encontrarte. No te muevas. No importa qué, ¿está bien?

Asentí, entendiendo y observé cómo él se iba, desapareciendo en la oscuridad para salvar a Jayden e impedir que Sergio nos matara a todos nosotros.

CAPÍTULO TREINTA Y CUATRO

JAXSON

Dejarla había sido devastador, pero confiaba en que ella estaría a salvo. Ella tenía mi chaleco antibalas y le di una pistola antes de dejarla atrás.

No iba a dejar que nada le sucediera a Ariella otra vez.

Bueno, al menos no esta noche.

Tal vez no sería capaz de protegerla de cualquier cosa en el mundo, pero podría mantenerla a salvo de Sergio y la mafia.

Me dirigí varios metros hacia el lado opuesto del

camino para acercarme a Sergio y a Jayden. No quería que Sergio supiera dónde había estado antes.

Proteger a Ariella lo era todo.

Corrí rápidamente y sin ser muy silencioso.

Ven y encuéntrame, amigo. Él no había disparado más en varios minutos, lo cual significaba que se le habían acabado las balas o Jayden lo había detenido. Escuché que había un altercado mientras me acercaba.

Jayden y Sergio luchaban en el suelo y se lanzaban puñetazos el uno al otro.

Podía manejar eso.

Pateé a Sergio con mis botas con punta de acero mientras él yacía en el suelo, golpeándolo en la nuca.

Puse el arma bajo su barbilla.

—¿Disfrutas de secuestrar, vender y violar a mujeres?

No era una pregunta retórica.

Él resopló y se encogió de hombros, probablemente tratando de escaparse de mi agarre.

No lo solté.

Jayden se levantó, sacudió el polvo de sus pantalones y alcanzó el arma que estaba en el suelo, la que había sido utilizada para dispararnos a Ariella y a mí hace unos minutos.

——¿Vas a seguir amenazándolo o vas a terminar el trabajo? ——Preguntó Jayden.

——Llama a las autoridades ——dije.

Jayden negó con la cabeza.

——Él no se merece una celda y tres comidas al día.

——Esa no es nuestra decisión. ——No era un asesino.

O al menos, no quería ser uno. Había cruzado la línea con Ángelo DeLuca. Mis métodos de interrogación habían ido demasiado lejos y tendría que vivir con lo que había hecho. DeLuca era un monstruo, así como Sergio, pero matarlos no me volvería el sujeto bueno.

——¡Claro que condenadamente lo es! ——Jayden levantó el arma y apuntó hacia la cabeza de Sergio ——. ¿Dime por qué no debería volarlo en pedazos?

Sergio emitió una risita mientras miraba a Jayden.

—No eres capaz.

CAPÍTULO TREINTA Y CINCO

ARIELLA

Temblaba mientras yacía sobre el pasto. Me habría cubierto con ramas si eso hubiera sido posible.

Escuché disparos a lo lejos.

Mis ojos se cerraron de golpe.

Recé en silencio que Jaxson estuviera bien y a salvo.

El chaleco antibalas se sentía apretado y restrictivo. Jadeé por aire y se me hacía difícil respirar. Era como si me estuviera sofocando.

Escuché como alguien venía corriendo hacia mí.

Solo escuché un disparo.

¿A quién le habían disparado? ¿Jaxson estaba a salvo? ¿Qué había de Jayden?

Mis ojos permanecieron cerrados. Tenía miedo de que Sergio hubiera sobrevivido y vendría a matarme ahora.

Escondí mi cabeza ya que estaba preocupada de que incluso pudiera ver el destello del blanco de mis ojos bajo la luz de la luna. Mi cabello cayó alrededor de mi cara.

La palabra miedo no alcanzaba a describir el horror que me recorría las venas y llenaba de adrenalina a mi corazón.

Pasos pesados se estrellaban contra el suelo.

Quién sea que fuera ni siquiera intentó ocultar su identidad.

¿Por qué lo harían? Ya se había acabado para ellos. ¿Se habría acabado para mí?

Los pasos se acercaron a toda velocidad...

——Ya estás bien. ——La voz de Jaxson era música

para mis oídos. Levanté la vista para asegurarme de que lo que veía era real.

—Escuché un disparo. —Mi labio inferior temblaba.

Jaxson se agachó para levantarme. Su brazo me seguía rodeando y su mirada me recorrió completamente.

La adrenalina no había amainado más de lo que lo hizo hace unos minutos atrás. Los temblores llenaron mi cuerpo y éstos me envolvían de la cabeza a los pies.

No era un ataque.

No, esto era normal cuando la norepinefrina[1] alcanzaba su punto más alto y me vencía en mi propio juego: era mi vida.

Él frunció su ceño.

—Jayden, ayúdame. —Jaxson le pasó a Jayden el arma que había estado colgando sobre su hombro.

Jaxson me alzó en brazos y me sostuvo contra su pecho.

——¿Qué haces? ——Pregunté. No luché contra él. Envolví mis brazos alrededor de su cuello mientras él me cargaba en brazos y éstos se posaban debajo de mis piernas.

Él no parecía tener dificultades, pero no podría ser fácil cargarme a través del bosque.

——No tienes zapatos, estás temblando evidentemente y no puedo mantener mi consciencia tranquila si te dejo caminar de vuelta hacia la camioneta. Está al menos a un kilómetro de distancia ——dijo Jaxson.

Jayden iba unos metros por delante de nosotros. Ya sea si nos estaba dando privacidad o simplemente quería mantener la distancia, no lo sabía y no me importaba.

——Gracias ——le susurré, suspirando suavemente. Mi cabeza se recostó sobre su pecho.

Inhalé su esencia, su calidez y el consuelo que él me ofrecía.

Si bien los temblores no habían cesado, el solo hecho de que él me abrazara era suficiente para calmar mi estado emocional. Aunque seguía luchando contra mi estado físico.

—Luego de que estés dentro de mi camioneta, te llevaré al hospital para que te revisen y para asegurarme de que estás bien.

¿Por qué él tenía que ser el adulto responsable?

—Jaxson —me quejé—. Solo quiero irme a casa.

Aunque sabía que a él solo le preocupaba mi bienestar, lo cierto era que no me gustaban los hospitales. Sin embargo, no conocía a nadie que sí. No obstante, prefería irme a casa, meterme bajo los cobertores cálidos y acurrucarme con él mientras me quedaba dormida.

—Lo sé y lo harás, una vez te hayan revisado —insistió él—. No discutas conmigo.

Él usaba ese tono, el mismo que usaba cuando le hablaba a Izzie y no dejaría que ella se saliera con la suya. Apreciaba el hecho de que me protegiera, incluso si no quería ir al hospital. Las visitas a la sala de emergencias nunca eran rápidas.

—¿Podemos solo ir a la clínica del pueblo? —Contrarresté.

Jaxson no lo permitiría. Él insistió en conducir dos horas hasta el hospital. Sin embargo, fue más una hora y diez minutos ya que estábamos parcialmente en el camino hacia allí y él condujo a la velocidad de la luz.

Dormir se me hizo difícil. La camilla era dura e incómoda. Los doctores me habían hecho un sinfín ridículo de pruebas.

Esperábamos los resultados. Jaxson estaba sentado junto a mí, sus párpados eran pesados mientras él luchaba por quedarse despierto.

—Puedes cerrar los ojos —murmuré.

—No hasta que lleguemos a casa —dijo Jaxson.

Suspiré pesadamente. ¿Y cuándo sería eso? Ya el sol estaba saliendo para cuando llegamos al hospital.

—¿Quién está cuidando a Izzie? —Bostecé mientras yacía sobre la camilla. Su mano apretaba la mía.

Los temblores habían disminuido, pero no por completo gracias a la segunda bolsa de líquidos intravenosos.

Esperábamos que trajeran el resultado de las pruebas. Los doctores querían asegurarse de que no me hayan drogado o que estuviera enfrentándome a otros problemas antes de prescribir mis medicinas habituales.

—Declan está en la casa con Izzie.

—¿Qué hay de Delphine? Oh por Dios, su vuelo fue anoche. ¡Se suponía que iba a recogerla!

—Lo sé —dijo Jaxson. Él apretó la mano suavemente—. Ella me llamó cuando no pudo comunicarse contigo. Le dije que tomara un taxi y que yo pagaría por él cuando llegara a mi casa. También envié a Declan hasta allí para que la dejara entrar y pusiera a Izzie a dormir. Él decidió quedarse en nuestra casa por la noche, lo cual funcionaba para mí.

Por un breve momento mis ojos se cerraron.

—Gracias —susurré y abrí los ojos.

Me costaba quedarme despierta. No quería dormirme. No aquí. No ahora.

—Solo descansa. —Él me dio una palmadita en mi hombro con la otra mano.

Era más fácil decirlo que hacerlo. Las luces fluorescentes del techo se hacían más brillantes con cada segundo que pasaba. Parecía como si el tiempo se hubiera detenido. Pero al menos estaba a salvo.

El doctor ni siquiera tocó mientras corría la cortina y entraba a la habitación.

—Tengo buenas noticias. Ambos están bien.

—¿Ambos? —¿A qué se refería? Miré a Jaxson.

—Si, tú y el bebé. —El doctor hizo una pausa —. ¿No sabías que estabas embarazada?

—No. Es decir, no pensé que fuera posible luego de la última vez. —Respiré nerviosamente.

—Bueno, ambos están sanos. Sin embargo, sugiero que visites a un obstetra pronto. Estoy preocupado por una de las medicinas que nos dijiste que estás tomando porque puede causar problemas y se recomienda no tomarla mientras estás embarazada. Mientras tanto, te voy a recetar algo que ayude a bajar tu ritmo cardiaco, pero debes permanecer en reposo hasta que veas al doctor que te está tratando por la disfunción autonómica que padeces.

—Está bien —susurré.

Estábamos embarazados. Jaxson y yo íbamos a tener un bebé.

---

1. La norepinefrina, también conocida como noradrenalina, es una hormona del estrés. (N. del. T.)

CAPÍTULO TREINTA Y SEIS

SKYLAR

Jayden no me había invitado a quedarme con él exactamente, pero no le había dado otra opción. Él era la razón por la cual mi hermano no me hablaba y me había echado de la casa.

Bueno, en parte había sido mi culpa también, pero aún así necesitaba de un lugar donde quedarme.

Mientras Lincoln llevaba a que revisaran a Harper, Declan eventualmente nos llevó a la sobrina de Jayden y a mí al apartamento de Jayden. El lugar me era familiar y le di a Lexa un *tour* muy breve antes de mostrarle la habitación de invitados.

Lo que significaba que me iba a quedar en la habitación de Jayden, ya sea que él quisiera o no. Ya tenía unas cuantas de mis cosas guardadas en su apartamento como parte de nuestro compromiso falso. Un puñado de fotos, algo de ropa e incluso una funda de almohada, solo en caso de que su jefe se hubiera presentado en el apartamento sin anunciar para conocerme.

Afortunadamente, eso no había sucedido, aunque había soñado con ello; tuve pesadillas que involucraban a hombres sin rostro derribando la puerta para interrogarme. Y eso fue antes de que me forzaran a irme con Ángelo DeLuca y tuviera que ayudar a Ben a secuestrar a las chicas.

¿Cómo podría vivir conmigo misma luego de lo que había hecho? ¿Jaxson sería capaz de perdonarme alguna vez? ¿Qué había de Ariella e Izzie?

Lexa se dirigió directamente a la cama. No la culpaba, yo también estaba exhausta.

Me coloqué una de las camisas de Jayden que me llegaba justo arriba de la rodilla.

Olía especialmente a él con una esencia almizcleña fuerte con un toque de aserrín. Nunca había visto que él usara una sierra, pero tampoco había pasado mucho tiempo con él.

Había estado enojada con él y lo había culpado por lo que había sucedido, pero él se había ido y arriesgó su vida para salvar a Ariella y Hazel.

Quizás él no era un sujeto malo, solo el chico malo por excelencia.

Me subí a la cama, bajo los cobertores. Todo olía a Jayden.

Su esencia era apabullante. Mis ojos ardían mientras sollozaba sobre la almohada.

Me odiaba a mí misma por lo que había hecho y por lo que me había convertido para salvarme a mí misma.

¿Cómo compensaría a mi familia y a mis amigos? Me era imposible dormir. Daba vueltas en la cama. Sin mi teléfono, no tenía la más mínima idea de cuando Jayden vendría a casa o si saldría vivo. ¿Qué si la subasta había salido mal?

La noche se alargó hasta que la luz del sol finalmente brilló a través de las cortinas. Justo cuando empezaba a ser arrastrada por el sueño gracias al agotamiento, la puerta de la habitación se abrió y yo me desperté sobresaltada.

—¿Jayden? —Murmuré y froté el sueño de mis ojos.

—Todo se ha terminado —dijo él. Su voz era ronca y gruesa.

—¿Hazel y Ariella están bien? —Pregunté mientras me sentaba en la cama. Apreté los cobertores con mis puños.

—Rescaté a Hazel de la subasta, pero Jaxson y yo tuvimos que ir tras Capo Sergio y rescatar a Ariella. Ella está de camino al hospital, pero creo que ella está bien.

Él se desvistió, al parecer sin importarle que yo estuviera en su cama. Se quitó los zapatos primero y los dejó en el piso antes de quitarse la camisa y arrojarla en el cesto de la ropa sucia. Jayden desabrochó sus pantalones y los arrojó junto a sus calzones en el cesto.

Traté de no quedarme mirando.

Parecía que a él no le importaba en lo más mínimo.

Él caminó a través de la habitación para encender la luz.

Mis ojos ardieron y entrecerré los ojos mientras él abría la puerta.

—Me voy a dar una ducha. Necesito deshacerme de toda esta suciedad. ¿Ya te bañaste? —Preguntó Jayden.

—Yo... eh, no. —Había estado demasiado cansada y demasiado rota para hacer nada excepto revolcarme en la autocompasión—. Probablemente debí haberlo hecho.

—¿Quieres bañarte conmigo? ¿Compartir la ducha? Ahorraríamos agua.

Froté mis ojos cansados y me moví en la cama, sacando mis piernas a un lado. Me mecí por un segundo antes de levantarme para seguirlo al baño.

—Esa es mi chica —dijo Jayden y me dio una sonrisa de lado—. Siento mucho lo que sucedió.

—Shhh —dije, silenciándolo con mis dedos en sus labios.

Él pateó la puerta para cerrarla y me acorraló contra ella, alzando mis manos por encima de mi cabeza.

—He querido hacer esto desde que entraste al bar por primera vez —susurró Jayden.

Él no me besó. Solo se quedó viéndome. ¿Me estaba tentando a propósito?

—¿Qué esperas? —Pregunté, tratando de recuperar el aliento.

—Permiso —dijo Jayden en voz baja y ronca—. A diferencia de esos hombres, no tomaré lo que no es mío.

—Quiero ser tuya —confesé.

¿Era eso lo que él quería escuchar? Sus labios descendieron duramente sobre los míos. Nuestras bocas colisionaron y nuestras lenguas luchaban por tener el control.

Él me mantenía sujeta contra la puerta y presionaba su cuerpo desnudo duro contra el mío.

La única pieza de ropa entre nosotros era la camisa que usaba.

—Tendrás que quitarte esto si planeas darte una ducha —dijo Jayden, dándole un vistazo a mi camisa.

Me reí con mis brazos que seguían sujetos por encima de mi cabeza contra la puerta.

—Es un poco difícil hacerlo ya que no puedo usar mis brazos. Quizás tu deberías quitármela —dije.

Jayden gruñó. Podía sentir su deseo. Él juntó mis manos y las sostenía con una de sus manos y con la otra empezó a quitarme la camisa centímetro a centímetro.

Su toque era cálido y suave, mucho más tierno de lo que había esperado.

Sus labios rozaron mi oreja, lo que envió un escalofrío a través de mi cuerpo mientras me volvía más ansiosa por la necesidad.

—Lo siento tanto —susurró él en mi oreja. Sus suaves besos recorrieron todo mi cuello mientras él soltaba mis muñecas, liberándome—. No debí haber arriesgado tu vida. —Sus ojos se clavaron en los míos.

—Ambos cometimos errores —admití, mirándolo de vuelta. Tendríamos que vivir con esas consecuencias. Ahora mismo, solo quería sentirme viva y amada.

Me incliné hacia él y nuestros labios volvieron a colisionar. No quería oír sus disculpas. Quería sentir su admiración y su cuidado.

—Necesito olvidar —susurré contra sus labios y tiré su labio inferior suavemente con mis dientes—. Por favor, haz que el dolor se detenga.

Jayden abrió la boca y dejó salir un suspiro suave.

¿Iba a decirme que no sabía cómo hacerlo?

La mirada triste y oscura que había cruzado su cara se fue tan rápido como había aparecido.

Su boca descendió sobre la mía y él me quitó la última barrera entre nosotros, arrojando mi camisa al piso. Jayden me alzó en sus brazos y me sentó al borde del lavamanos.

Él sacó un condón del cajón, abrió el envoltorio y se lo puso antes de que su mirada se encontrara con la mía.

—¿Estás segura?

—Si —dije. Lo alcancé con mi mano, acariciándolo y tocándolo para probarle que quería esto con él.

Había pasado por el infierno hoy, pero las otras chicas, las que se supone eran mis amigas, la habían pasado peor. Jayden no tenía que contarme de lo que había sido testigo para ver el dolor y la angustia detrás de su mirada de acero. Su calidez me envolvió, me nutrió y me hizo olvidar el dolor y la pena que habían oscurecido mi corazón.

Envolví mis piernas a su alrededor y tiré de él más profundo y más apretado con cada embestida.

Mis dedos se clavaron en su hombro, marcándolo.

Jayden gruñó y se retiró, pasando una mano por su cabello. Sus ojos lucían afligidos.

—¿En serio vas a provocarme hasta que muera? —¿Por qué demonios se había detenido?

—Así no era como quería que fuera nuestra primera vez juntos —dijo roncamente, encontrándose con mi mirada—. Te mereces algo mejor.

—No estoy tan segura de ello. —Me reí de manera sombría. Lo miré con decisión. Mis dedos recorrieron delicadamente su pecho—. Por favor, solo quiero sentir otra cosa aparte de arrepentimiento y nunca podría arrepentirme de esto contigo.

Los labios de Jayden se estrellaron duramente contra los míos.

——Me he imaginado follándote en el bar por los últimos meses ——susurró él——. Pero te mereces un mejor trato. Vino, una cena y muchos preliminares.

——Eso suena bien para la próxima vez. Esta noche no tiene importancia si es en el baño o en el bar. Solo quiero oírte gemir y que grites mi nombre.

——Mandona. ——Jayden río. Sus dedos se enredaron en mi cabello cuando trajo mis labios de vuelta a los suyos para aferrarse a mí.

Nuestros besos eran feroces y enérgicos mientras entraba de nuevo a mí.

Gemí de placer. Quería que él supiera que me hacía sentir bien y no quería que volviera a cuestionarlo todo.

No habría arrepentimientos esta noche, al menos no entre nosotros dos.

Mis ojos se cerraron de golpe mientras la sensación crecía, se construía y se intensificaban.

——Acaba para mí, Skylar ——Susurró él en mi oído.

Me apreté contra él mientras mi interior pulsaba. Ya estaba tan cerca del borde. Mis dedos de los pies se retorcieron y escuché como él se acercaba.

Todo se sintió como fuegos artificiales que explotaban a mi alrededor mientras temblaba dentro de su abrazo y jadeaba por aire cuando ambos nos deshicimos.

——¿Ducha? ——murmuró él mientras se salía y tiraba el condón a la basura.

Me reí en voz baja. Esa era la razón por la que me había unido a él en el baño. Me deslicé de la encimera del baño y mis piernas se sentían como gelatina.

Jayden me sujetó con sus manos en mis caderas.

——¿Estás bien?

Asentí, mirándolo.

——Nunca he estado mejor.

CAPÍTULO TREINTA Y SIETE

ARIELLA

Me había quedado dormida en la camioneta de camino a casa desde el hospital.

No sabía cómo Jaxson se las había arreglado para permanecer despierto.

La camioneta se detuvo suavemente, pero aun así me despertó.

—¿Estamos en casa? —Bostecé y froté el sueño de mis ojos.

—Si —dijo Jason. Él apagó el motor y salió de la camioneta para venir hasta mí a ayudarme y llevarme a través de la puerta principal.

Mis pies estaban vendados y dolían horriblemente gracias a la persecución a través del bosque, pero sobreviviría. Además, esa era la menor de mis preocupaciones.

Estoy embarazada y ahora no solo tenía que cuidar de mí misma, sino que también tenía que pensar en el niño o la niña que crecían dentro de mí. Decir que el miedo que sentía era aplastante, era quedarse corto.

Jaxson me cargó hasta el interior de la casa, me sentó en el sofá y desactivó la alarma antes de cerrar la puerta con llave.

—¿Quieres ir directamente a la cama o tienes hambre?

Apenas podía mantener los ojos abiertos.

—Dormir suena maravilloso. Puedo quedarme en el sofá.

Me moví para tenderme sobre el sofá.

—Izzie se despertará pronto —me recordó Jaxson—. ¿Qué tal si te llevo a la cama y te meto dentro?

—¿Qué hay de ti? —No quería alejarme de él. Sabía que probablemente se debía a una combinación de hormonas y el trauma que había pasado, pero me sentía bastante dependiente.

Odiaba la manera en que me sentía, como si nunca volviera a querer estar sola.

—Estoy agotado. Me meteré en la cama tan pronto como le deje saber a Declan que ya estamos en casa, ¿está bien?

—Estás en casa —dijo Delphine con una sonrisa cálida—. Me alegro de que estés bien. El amigo de tu novio me contó lo que había sucedido. Es Declan, ¿no?

Mi novio.

Sonreí ligeramente al término que mi hermana había utilizado para referirse a Jaxson.

Nosotros no habíamos utilizado etiquetas.

—Si. Siento no haberte podido recoger del aeropuerto.

Delphine hizo un gesto desdeñoso con la mano.

—No es la gran cosa. Es decir, ni siquiera pienses en ello con todo lo que pasaste. —Ella se acercó a mí en el sofá—. ¿Es cierto que Ben estuvo detrás de tu secuestro?

Suspiré pesadamente. No estaba segura de estar lista para hablar de ello, pero parecía que Declan la había puesto al tanto de lo que él sabía en ese momento. No lo culpaba; él tenía que decirle algo y era mejor que ella supiera la verdad. Al menos ella no me odiaría por no presentarme cuando me había ofrecido a recogerla.

—Está bien si no quieres hablar de ello —dijo Delphine. Ella se levantó para dirigirse a la cocina—. Voy a hacerme una taza de café. ¿Quieres una?

—No puedo —dije. Tenía que ser cuidadosa con todo lo que elevaba mi ritmo cardiaco, y ahora aún más con el embarazo.

—Oh, eso es cierto. —Delphine asumió que se debía a mi condición de salud. Ella había sido bendecida con grandes genes.

No era mi caso.

Aún no le habíamos dicho a nadie sobre el bebé. No quería atraer la mala suerte.

—Me alegro de que hayas venido. Es bueno verte —dije.

Las cosas aún se sentían tensas, pero al menos ella lo estaba intentando. Se había sentido como si yo fuera la única intentándolo desde que arrestaron a Ben por primera vez hace un año atrás.

Delphine me envolvió con su brazo, dándome un abrazo muy necesitado y esperado.

—Hermanita, no hay ningún otro lugar donde preferiría estar. Lamento haber escuchado a mi esposo idiota. Debí haber botado su trasero y venir aquí antes.

Reí entre dientes.

—Está bien. El amor nos hace hacer cosas estúpidas.

—Dímelo a mí. —Dijo Delphine con una sonrisa.

—¿Qué te hizo venir aquí ahora, después de todo este tiempo? —Pregunté.

No podía ser que solo se había dado cuenta de que Ben era un imbécil.

La sonrisa de Delphine se desvaneció.

—Lo cierto es que tu novio me llamó.

—¿Qué? —Mi estómago se hundió.

¿Por qué Jaxson haría eso?

—Él me llamó para contarme como Ben te había secuestrado hace unos meses atrás y él me pidió venir a verte. Debía haberlo hecho antes.

Quería enojarme con Jaxson por interferir, pero entendía lo que hizo. Sus intenciones eran buenas, pero no estaba feliz de que lo hiciera a mis espaldas.

—No puedo creer que él te haya llamado —dije.

—Él no tendría que haberlo hecho si me hubieras contado que Ben te había secuestrado —dijo Delphine—. Solo desearía que hubieras confiado en mí. Somos familia y sé que no siempre he estado ahí cuando me necesitaste. Lo siento.

—Eso quedó en el pasado. —Quería perdonarla y seguir adelante. Ella se encontraba aquí ahora y eso era lo que importaba, ¿cierto?

Finalmente, estábamos volviendo a conectarnos.

—¿Ben está en prisión de nuevo? —Preguntó Delphine—. ¿Lo atraparon? Declan me explicó que Ben había sido parte de una red de trata de blancas.

—Jaxson y el equipo lo están buscando mientras hablamos.

Ella alzó una ceja.

—Ellos lo atraparan, ¿no es así?

Nunca me sentiría a salvo hasta que él fuera arrestado y lo metieran tras las rejas.

CAPÍTULO TREINTA Y OCHO

JAYDEN

No estaba muy emocionado de haber regresado aquí sin un arma.

Jaxson había insistido en que usara un auricular y un micrófono que transmitiera todo lo que decía al equipo de *Eagle Tactical.*

Ellos querían eliminar a Enzo Ricci, y lo más importante, querían encontrar a Benjamin Ryan.

Caminé hacia la puerta principal de la lujosa mansión de Enzo, me detuve frente a ella y alcé el puño.

Toqué la puerta con un golpe firme y esperé.

La única respuesta que recibí fue el silencio.

—¿*Don* Ricci? —Toqué la puerta de nuevo y usé el timbre.

Todavía sin respuesta.

Salí del porche y di un vistazo a través de la ventana. Las luces estaban apagadas y no había señal de que hubiera alguien dentro.

Tres autos estaban aparcados enfrente de la propiedad, pero el auto que sabía que él conducía regularmente, el *Evora Lotus* azul eléctrico, no se encontraba a la vista.

—Él no está aquí —le dije a Jaxson y al equipo.

Ellos me habían enviado a una misión, pero no se encontraban lejos, escuchando todo a través del micrófono desde su camioneta. Ellos se encontraban a la espera, en caso de que necesitara refuerzos.

—Tienes otras conexiones con la familia Ricci. Llámalos. —El tono de Jaxson era firme y envió un escalofrío a través de mi espalda.

—Si, estoy en ello.

Suspiré pesadamente y saqué mi teléfono de mi bolsillo. Busqué entre los contactos y me detuve en el nombre de Dante Ricci.

Él era el segundo al mando de Enzo. Habíamos hecho negocios juntos y él fue el que me informó sobre lo que estaba sucediendo cuando Enzo me había echado de la fiesta y se había apropiado de Skylar. Mi sangre hervía al solo pensar en como nos habían tratado a ella y a mí, como peones de ajedrez.

Dante contestó al primer tono.

—No esperaba volver a oír de ti —dijo Dante.

—Necesito verte. —No quería hacer esto por teléfono.

Esperé su respuesta, pero el silencio llenó la línea telefónica.

—¿Dante?

¿Había colgado?

—Iré al bar —dijo Dante—. En veinte minutos.

Me tomaría veinticinco minutos llegar al bar donde trabajaba. Colgué el teléfono y corrí hacia mi vehículo.

—Dante quiere encontrarse conmigo en el bar —dije. Solo había un bar en Breckenridge.

—Nos dirigimos hacia allí ahora —respondió Lincoln a través del dispositivo de comunicación.

—Genial —murmuré. Eso era justo lo que necesitaba, que todo el equipo de *Eagle Tactical* y la mafia se enfrentaran.

Mi pie era como plomo sobre el acelerador y corrí con el auto a través de las carreteras de grava, pateando piedras y dejando una nube de polvo a mi paso. Me apresuré a llegar al bar. No debí de haberme sorprendido de que Dante me quisiera allí. Después de todo, era parte de su territorio.

Dante era el dueño del bar y lavaba dinero a través de él, así era como había ganado poder con Enzo y se había ganado su confianza como su segundo al mando.

¿Qué le había pasado a Enzo?

¿Estaba en el bar con Dante ahora mismo? ¿Era ese el motivo por el que me habían pedido que me uniera?

Estacioné al frente y apagué el motor. Suspiré pesadamente y busqué mi arma en la guantera. Metí mi pistola dentro de la pretina de mis pantalones antes de salir y dirigirme hacia la puerta de entrada del bar. Las bisagras de la puerta de madera pesada emitieron un chillido mientras la abría.

Dante se encontraba en la cabina de la esquina, en la parte más oscura del bar, con su espalda hacia la pared y su mirada fija en la puerta.

Jaxson y Lincoln se encontraban sentados en la barra y ambos tenían una bebida en sus manos, pero no parecían apresurarse a beberlas.

El lugar se encontraba vacío en su mayor parte.

Dante me había estado esperando. ¿Por cuánto tiempo había estado aquí?

Dante bebía una botella de cerveza fría. Sus dedos acariciaban el cristal.

—Es amable de tu parte que te unas a mí.

Me metí en la cabina y me senté al lado opuesto de él. No me sentía cómodo de llevar mi espalda hacia la puerta. Mi estómago se hundió al pensar que alguien podría llegar desde atrás y no podría verlo.

Pero Jaxson y Lincoln estaban a solo unos metros de distancia. Ellos me cubrían las espaldas.

O al menos esperaba que ellos me cubrieran las espaldas. No había hecho lo mismo por ellos últimamente.

Estaba tratando de limar las asperezas y hacer las cosas bien para ellos.

—Enzo no respondió a la puerta.

Dante se encogió de hombros y le dio un sorbo a su cerveza.

—Supongo que no está en casa.

Bueno, eso era bastante críptico.

—Tengo preguntas que hacer —dije—. Para empezar, todos ustedes me traicionaron al llevarse a mi prometida para entregársela al enemigo.

Dante extendió una mano.

—¿Ella era realmente tu prometida?

¿Había descubierto la farsa?

—¿En dónde está Benjamin Ryan? —pregunté,

ignorando la pregunta de Dante y cambiando el tema.

—El topo, ¿quieres decir? —Murmuró Dante entre dientes—. Tú dime. Tú lo contrataste.

Los ojos de Dante se estrecharon y se agitaron.

—Tú sabes dónde está —dije, inclinándome hacia adelante—. Dímelo y te mantendré fuera de este desastre que Enzo y Ángelo crearon para sí mismos.

Él le dio otro trago a su cerveza.

—Ellos cavaron su propia tumba. Siempre le dije a Enzo que no hiciera negocios con Ángelo. Nunca se debe confiar en otro jefe de la mafia, pero Enzo era todo músculos sin nada de cerebro.

¿Era? ¿Se daba cuenta de que habló de él en tiempo pasado?

—¿Enzo está muerto? —Pregunté.

Dante no respondió a mi pregunta; al menos no directamente.

—Él se lo buscó.

—¿Qué hay de Ben? —Pregunté—. Él traicionó a la familia Ricci. Eso viene con un precio.

Dante terminó su cerveza y le hizo un gesto al barman para que le trajera una segunda. Él esperó hasta que estuvimos solos de nuevo para hablar.

—¿Sabías que Enzo sospechaba que tu eras el traidor? —Preguntó Dante.

Me mordí la lengua para no revelar que Enzo tenía razón.

Lo había traicionado para salvar a esas chicas, pero no había sido el único. Ben nos había traicionado a todos.

—Si lo fuera, ¿estaría aquí contigo? —Pregunté —. Parece un suicidio.

—Lo cierto es que nunca me gustaron los negocios recientes de Enzo. —Él resopló y negó con la cabeza. Su labio se curvó con disgusto—. No soy un santo en lo más mínimo, pero las cosas empezarán a mejorar por aquí y puedes estar seguro de que los hombres de DeLuca serán sacados de aquí.

¿Era una amenaza?

—Eres el nuevo jefe de la mafia —dije, dándome cuenta de que Dante he iba a hacer cargo de la familia Ricci. Él no solo era el segundo al mano, sino que también los hombres de Enzo le cubrían las espaldas, un ejército que lo apoyaba.

—Tienes suerte de que me agradas —dijo Dante—. Pero ya no confío en ti como un asociado. Fue idea de Enzo el contratarte. Puedes venir y tomarte una bebida de mi parte, pero necesitas conseguir otro lugar de empleo. Eso me parecía bien.

—No vamos a dejar que roben más mujeres o niños. —Quería dejar en claro que no iba a permitirle que le hiciera daño a alguien más en Breckenridge.

Dante entre dientes.

—Como dije antes, no era un fan de las prácticas de negocio de Enzo y no tengo la intención de continuar con sus juegos. Tengo otros asuntos que han captado mi interés y que no tengo problema en discutir contigo.

Él tomó otro trago de su cerveza antes de bajar la botella de un golpe sobre la mesa.

—No tengo ningún interés en tu prometida, o lo que sea que ella es. Mientras ella no mencione mi nombre, puedes estar seguro de que mis hombres los dejaran en paz.

—¿Es esa una amenaza? —Si Skylar testificaba en contra de Dante, ¿Él pondría su vida en peligro?

Dante sonrió.

—En mi opinión, no he hecho nada malo. Enzo te arrebató a tu prometida y tú fuiste el que contrató a Ben. Mis manos están limpias.

—¿En dónde está Ben? —Había venido aquí para encontrar el paradero de Benjamin Ryan y no había tenido ninguna pista de donde encontrarlo.

—Tú dímelo; él traicionó a la familia Ricci por la familia DeLuca. Los topos acaban muertos, pero no lo maté. ¿Acaso no fue asesinado en la masacre?

Abrí la boca, pero la cerré igual de rápido. Ben era un criminal, pero yo no era un santo tampoco. El hecho de que hubiera evitado la cárcel y que cambiara mi vida era un milagro.

—Si llego a atrapar a Ben, él es un hombre muerto. Aunque tal vez debería agradecerle. Con *Don*

DeLuca fuera del mapa, Sergio muerto y todos sus guardias aniquilados en el recinto, mi peor enemigo sería el segundo al mando de Ángelo, Gino, y él ya está muy viejo para estar en la línea de fuego. Es como si ser jefe de la mafia me hubiera sido entregado en bandeja de plata. Es solo cuestión de tiempo antes de que los DeLuca estén bajo mi control. ¿Supongo que debo agradecerte a ti y a tu pequeño equipo por eso?

Dante alzó su cerveza para decirle "salud" a Jaxson y a Lincoln que se sentaban en la barra.

—La mejor parte es que tengo a la hija de Gino, Nicole, bajo la mira. Ese pequeño pedazo de culo caliente. Pondré mis manos sobre ella y la arruinaré.

CAPÍTULO TREINTA Y NUEVE

ARIELLA

Todavía no podía creer lo que el doctor me había dicho en el hospital. Él tenía que estar equivocado.

¿Embarazada? ¿Cómo era posible que estuviera embarazada? Es decir, si, no habíamos sido muy cuidadosos, pero estaba segura de que no podría salir embarazada de nuevo.

Mi último, y único, embarazo con mi hijo había sido difícil. Él había nacido prematuro y no había sobrevivido fuera de la UCIN[1].

La preocupación me llenó por completo, incluso cuando Jaxson me había llevado a un obstetra, un neurólogo y con una comadrona, y todos habían confirmado que estaba bien, me ajustaron la medicación y me aseguraron que el bebé estaba bien de salud de acuerdo a todos los análisis que me habían hecho. No era necesario que guardara reposo en cama mientras estuviera tranquila, no tuviera mucho estrés y mi ritmo cardiaco se mantuviera dentro de los niveles normales.

Los doctores nos aseguraron a Jaxson y a mí que podríamos seguir teniendo relaciones sexuales, mientras fuéramos cuidadosos de no hacer nada demasiado extenuante y recomendaron que utilizáramos una cama, algo que me mantuviera sentada o acostada.

Mis mejillas se enrojecieron de la vergüenza. Pero Jaxson parecía haber estado tomando notas mentales en las citas médicas acerca de lo que podía hacer o no con su novia embarazada.

Jaxson insistió en que monitorea mi ritmo cardiaco constantemente, lo cual no era complicado con un *smartwatch*. Él solo estaba siendo un poco sobreprotector, pero apreciaba su preocupación. Además, él no era el único preocupado por la salud del bebé.

¿Cómo podría no estar asustada luego de la última vez que estuve embarazada? La buena noticia era que los síntomas crónicos que me invadía eran mínimos durante de mi segundo trimestre. El estar embarazada al menos me había hecho sentir un poco mejor de manera temporal.

Podía moverme sin que mi ritmo cardiaco se disparara cuando me levantaba. Si bien mi estómago estaba hecho un nudo, era por la preocupación por nuestro pequeño y no por los subidones de adrenalina a los que me había acostumbrado.

La mano de Jaxson acariciaba mi vientre en crecimiento mientras estábamos acurrucados en la cama. Si bien aún no había sentido a nuestra calabacita, solo era cuestión de tiempo. Rodé sobre mi espalda y Jaxson levantó el dobladillo de mi camisa para besar mi vientre suavemente.

—Nunca te había visto tan deseoso de besar mi estómago antes —Me burlé.

Sus pestañas largas y oscuras revolotearon mientras alzaba la vista para sonreírme.

—Tendré que remediar eso, Pecas.

Su toque era suave y ligero y hacía que mi estómago se llenara de mariposas.

Mis ojos se abrieron desorbitadamente al darme cuenta que no eran mis nervios o su toque emocionándome. Bueno su toque si hacía eso, pero era el bebé.

—¡Oh por Dios! ¿Sentiste eso? —Pregunté, mirando a Jaxson a los ojos.

—Al bebé le gusta mi atención.

—¿A qué persona en su sano juicio no le gustaría? —Pregunté. Mis dedos se enredaron en el cabello de Jaxson y le acaricié el cuero cabelludo—. Casi tengo miedo de admitirlo, pero me gusta estar embarazada.

Jaxson me miró. Su aliento se cernía sobre mi estómago y tenía su mano apoyada sobre el pequeño bulto.

—Te hace bien —dijo—. Lo que dicen acerca de que una mujer resplandece cuando está embarazada es cierto.

Rodé los ojos y arrugué la nariz.

——No estoy segura de creer eso ——dije, riéndome ——. Pero deberías saber que los síntomas a los que estoy acostumbrada: los problemas con mi ritmo cardiaco, las náuseas y todos las cosas malas y crónicas, parecen haber mejorado. Como si estar embarazada me hubiera curado. Es decir, probablemente suene loco y sea una tontería, pero si me sintiera tan bien todo el tiempo, estaría feliz de estar embarazada todo el tiempo.

Él me dio una sonrisa.

——Así que, ¿vamos a tener a un rebaño de pequeños Monroes corriendo por la casa?

Le pegué en el brazo.

——¡No son ganado! ——Negué con la cabeza, riendo. Se sentía bien no tener que esconder nuestra relación o el hecho de que él era el padre de mi calabacita.

——¿Un pelotón? ——Sonrió——. Puedo tener mi propio pequeño ejército para *Eagle Tactical.*

——¡Eres horrible! ——Lo señalé con el dedo——. No le vas a dar a nuestros hijos entrenamiento militar. Son niños.

Jaxson se inclinó y me besó suavemente en la frente.

—Lo sé. Me refería a cuando sean mayores. Que no sean solo chicos, sino hombres adultos. Así que cuando tengan trece años.

—Oh, Dios —murmuré.

Sus dedos les hacían cosquillas a mis caderas mientras alzaba más mi camisa para desnudarme por completo.

—Hay otro beneficio. —Sonrió él, admirando mis senos redondos—. Podría acostumbrarme a mantenerte embarazada y descalza en la cocina.

—¡Será mejor que estés bromeando! —Le di un manotazo y él agarró mi muñeca, sujetándome contra la cama.

—Quizás deberíamos tratar de hacer otro hermanito o hermanita —se mofó Jaxson.

Rodé los ojos.

—Sabes que no funciona así. No puedes embarazar a una mujer que ya está embarazada.

—¿En serio? —Él ladeó la cabeza hacia un lado,

riéndose——. ¿Estás segura? Creo que necesitamos probar esa teoría.

Su aliento provocó que abriera mis labios. Quería más. Sus dedos me acariciaban, quitándome los pantalones cortos del pijama y mi ropa interior.

——¿Cuándo te convertiste en un científico? ——Bromeé, continuando nuestra charla juguetona. Por primera vez en mucho tiempo, me sentía libre, a salvo e incondicionalmente amada.

Mis dedos alcanzaron sus calzoncillos. Se los empujé hacia abajo y sentí como la cama se movía cuando él arrojó la tela de algodón al piso.

——¿No te lo dijeron? Los chicos de *Eagle Tactical* y yo somos todos...

——Detente ahí mismo. ——Alcé una mano——. No sé adónde vas con esto, pero solo tú podrás probar esa teoría conmigo.

Jaxson sonrió y sus mejillas se sonrojaron.

——¡Eso no era lo que estaba sugiriendo!

——Bien porque solo quiero a un hombre para el resto de mi vida.

La confesión se me escapó de los labios antes de que me diera cuenta de lo que había dicho. Él se sentía de esa manera conmigo también, ¿cierto?

—Bien, porque eso es exactamente lo que quiero. Tú e Izzie. Las dos chicas que compiten por mi atención.

—Si, bueno, eso es completamente diferente. Izzie puede tener tu atención. —La sonrisa se extendió por toda mi cara mientras mis dedos recorrían su pecho con toques suaves y ligeros y se dirigían hacia abajo donde tenía puesta la mira—. Y yo tengo tu cuerpo.

—Así que eso es todo lo que soy para ti, ¿un juguete sexual? —Preguntó Jaxson. Se rio sin sonar molesto en lo más mínimo.

—Bueno, no realmente. Tu mente es sexy también. —Le sonreí—. Ven aquí y bésame de una vez.

Sus labios descendieron a los míos, su aliento era cálido y tranquilizador, y su cuerpo hacía que mi interior doliera con sus suaves caricias y besos. Él era un experto en hacerme impaciente y llena de necesidad. Rodamos en la cama, cada uno de nosotros compitiendo por el control. Sus manos cálidas y fuertes acariciaban cada centímetro de mi piel, abrasándome. No podía seguir aguantando su provocación. Mi mano se movió hacia abajo para acariciarlo, tocarlo y guiarlo dentro de mi calor.

Lo necesitaba como necesitaba el aire para respirar.

—Por favor —susurré, desesperada porque este juego entre nosotros se agilizara.

Nunca me había sentido tan desesperada en mi vida y nunca había deseado algo tanto que pensé que podría morir si no lo obtenía.

Su boca cubrió la mía mientras gemía.

Teníamos que ser silenciosos.

Izzie estaba dormida y definitivamente no queríamos despertarla.

Su calor me llenó y sus manos se aferraron a las mías mientras él se empezaba a mover lentamente, saboreando cada momento juntos.

—Dios, vas a matarme —murmuré.

El sudor cubría mi piel. Mi corazón latía contra mi pecho, pero se sentía bien. Satisfactorio...

—Más —gruñí.

Quizá eran las hormonas y el hecho de que estaba embarazada, pero no parecía tener suficiente de Jaxson. Mis uñas recorrieron su espalda hasta llegar a su trasero y lo apreté más contra mí, reclamándolo como mío. Su ritmo se hizo más rápido al sentir mi urgencia y necesidad. Todo dentro de mí dolía.

Mi centro en llamas tembló y palpitó mientras él me llenaba, me impulsaba y me satisfacía.

Los dedos de mis pies se curvaron y me aferré a él con los ojos cerrados mientras los fuegos artificiales llenaban mi visión.

Jadeé por aire, respirando pesadamente y lo aferré más fuerte contra mí mientras él se deshacía conmigo.

Él se apresuró a salir de mí y me apretó contra él.

—No quiero aplastarte o lastimar al bebé.

—No lo harás —dije, riéndome suavemente—. Nuestra calabacita está bien protegida. —Le di una palmadita suave al pequeño bulto en mi estómago.

Estaba acurrucada contra Jaxson y mis dedos recorrían su cabello, mis ojos nunca dejaron los suyos.

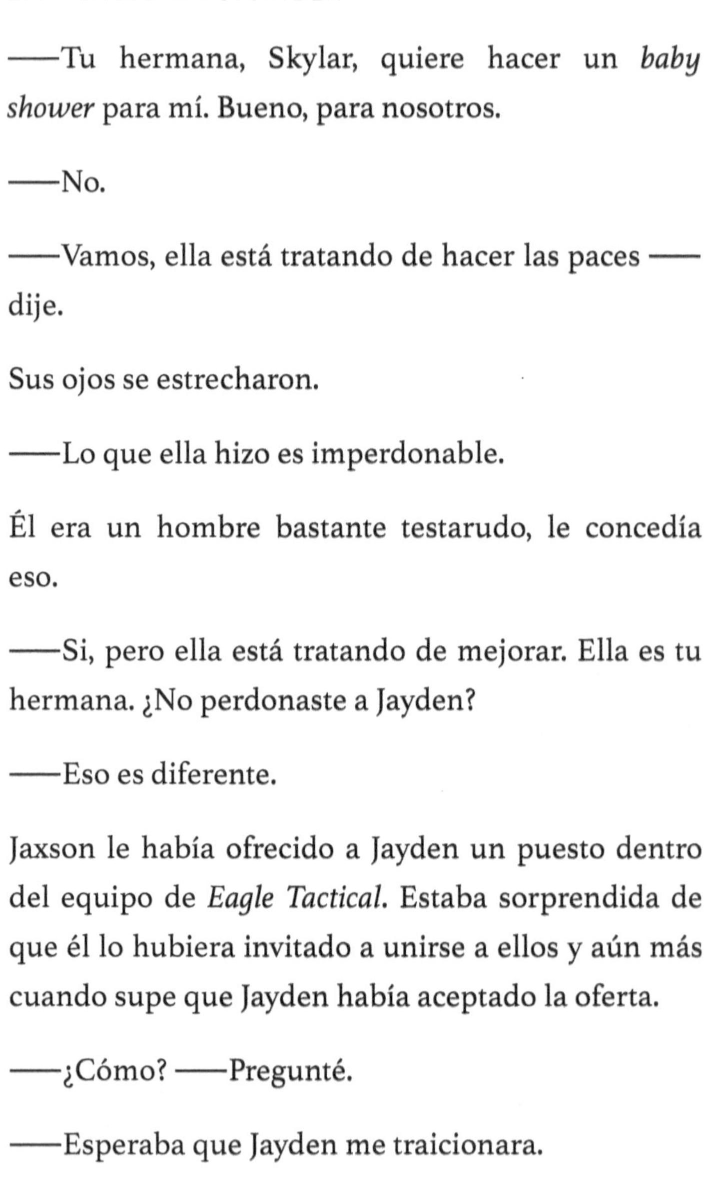

—Tu hermana, Skylar, quiere hacer un *baby shower* para mí. Bueno, para nosotros.

—No.

—Vamos, ella está tratando de hacer las paces —dije.

Sus ojos se estrecharon.

—Lo que ella hizo es imperdonable.

Él era un hombre bastante testarudo, le concedía eso.

—Si, pero ella está tratando de mejorar. Ella es tu hermana. ¿No perdonaste a Jayden?

—Eso es diferente.

Jaxson le había ofrecido a Jayden un puesto dentro del equipo de *Eagle Tactical.* Estaba sorprendida de que él lo hubiera invitado a unirse a ellos y aún más cuando supe que Jayden había aceptado la oferta.

—¿Cómo? —Pregunté.

—Esperaba que Jayden me traicionara.

Me medio senté en la cama y mis dedos seguían en su cabello.

—Eres increíble. —Tomé una almohada y lo golpeé juguetonamente con ella.

—No acabas de pegarme con una almohada.

—Oh, lo hice —respondí—. Y no puedes golpear a tu espo... novia embarazada de vuelta.

Jaxson me sujetó por las caderas y me puso debajo de él, poniéndose a horcajadas sobre mí. Sus manos les hacían cosquillas a mis caderas.

—Eso no era lo que ibas a decir.

Mantuve mi boca cerrada. Mis ojos se desorbitaron mientras intentaba desesperadamente de no reírme muy fuerte para no despertar a Izzie en la habitación de al lado.

—No sabes lo que iba a decir —contrargumenté.

Las manos de Jaxson se detuvieron en mis caderas.

—¿En serio? Sonaba como si estuvieras a punto de referirte a ti misma como mi esposa embarazada.

Su mirada se clavó en la mía.

¡Mierda!

Tocó el tema.

Él dijo lo que desesperadamente había intentado no decir y se me había escapado sin darme cuenta. Solo se sintió natural, bastante familiar y mejor que cuando me casé por primera vez. Había jurado que nunca me casaría de nuevo y lo decía en serio hasta que conocí a Jaxson.

Íbamos a tener la calabacita juntos.

Aún podía oír la voz de Jaxson en mi cabeza. Lo primero que él dijo cuando me referí al bebé como calabacita. *¡Tienes que estar bromeando!* Pero él había entendido que era un mecanismo de defensa y una manera de referirme al bebé sin preocuparme de que lo arruinara. Él me había seguido el juego porque él era Jaxson Monroe y él haría lo que fuera por aquellos que amaba.

—¿Bueno? —Jaxson sonrió y me miró, esperando mi respuesta.

—No escuché que te propusieras —respondí.

Dos podían jugar a ese juego.

—No voy a hacerlo.

La sonrisa se me borró de la cara.

Vaya. Dijo eso...

Traté de apartarme de su abrazo, pero él no me dejaba.

Las lágrimas amenazaban con caer de mis ojos. La habitación se sentía caliente y sofocante.

—Déjame levantarme. —Jadeé. Necesitaba moverme, salir de la cama y correr hacia el baño.

¿Y qué hacer? ¿Llorar? ¿Esconderme?

Me sentía una tonta.

—Ariella, mírame.

Mi labio temblaba y él guió mi cara hacia él para que lo mirara.

—No te propondré matrimonio hasta que sepa que vas a decir que sí.

—¿Qué? —¿Lo había escuchado correctamente?

Solté una lágrima de alivio. Ahora me sentía como un desastre. Un desastre más grande del que había sido hace unos minutos atrás cuando pensé que él había dicho que él nunca se casaría conmigo.

—Quiero toda la gran experiencia de lujo y no voy a dejar que destruyas mi ego y me digas que no — Jaxson sonrió mientras me miraba.

Limpié la única lágrima que cayó por mi cara.

Era un desastre. Un desastre hormonal y embarazado. Lo cual era culpa de Jaxson, pero aún así, él había sido dulce y amable y yo me apresuré a saltar a conclusiones.

—Me casaré contigo con una condición —dije, mirando sus ojos brillantes.

Él me miró y esperó a que continuara.

—Harás las paces con Skylar.

Jaxson gimió como si fuera un niño mientras se ponía a horcajadas sobre mí.

—No, vamos. ¿Luego de todo lo que les hizo a ti y a Izzie? ¿Cómo se supone que debo perdonarla?

—Ella lo está intentando. Quizás en pequeños pasos —dije—. Ellas son parte de tu familia y se que ella fue egoísta y puso nuestras vidas en riesgo, pero he llegado a perdonarla.

—¿En serio? ¿No la odias ni siquiera un poco? —Preguntó Jaxson.

No le iba a mentir.

—Oh, todavía estoy enojada con ella, pero estoy trabajando en mi ira. Has perdonado a Jayden. Es hora de que arregles las cosas con Skylar.

Él suspiró pesadamente.

—No lo sé, Pecas. Me estás pidiendo demasiado.

Me reí por lo absurda que era la situación.

—¿Y casarme contigo será un día de campo? —Le sonreí.

—Por supuesto que lo será. Seré tu príncipe azul —dijo Jaxson—. Me pondré a tus pies y te cargaré a través del umbral.

—Si, claro, antes de golpear mi cabeza contra la pared. He visto las películas. No gracias.

Jaxson se inclinó hacia mí. Sus labios rozaron los míos.

—¿Qué tal si lo pienso?

—¿Qué? ¿Casarte conmigo?

—No, tontita. Lo de perdonar a Skylar —dijo Jaxson—. Definitivamente me quiero casar contigo.

—Bien porque ella es la que va a organizar el *baby shower*. Ella vendrá el próximo sábado. Puedes hablar con ella entonces.

Una parte de mí aún odiaba a Skylar por lo que había hecho, pero entendía que ella había sido forzada a ayudar a Ben o Ángelo DeLuca la habría vendido como parte de la subasta de esclavas.

Su vida dependía de ello y si bien no había planeado secuestrar a nadie mas que a mí, esperando que yo fuera capaz de salvarnos a las dos, su plan había fracasado.

O al menos eso era lo que me había contado cuando nos sentamos a hablar en la cafetería.

—Está bien, pero estará fuera si incluso te llega a ver de mala manera. —dijo Jaxson.

—Bien. —Me incliné hacia él y planté mis labios en los suyos—. No esperaría nada más del hombre que amo.

---

1. UCIN: Unidad de cuidados intensivos prenatales. (N. del T.)

EPÍLOGO

JAXSON

Todo había caído en su lugar. Ariella había dado a luz a una niña a la cual llamamos Olivia Monroe.

Izzie había estado emocionada de tener una hermanita, pero no podía entender por qué no podía tener una fiesta de té o empujarla en el columpio todavía.

Harper había sido bendecida con una sorpresa: gemelos. Los doctores habían estado sorprendidos al descubrir un segundo bebé en el tercer trimestre, un niño que se escondía detrás de su hermana. Harper estaba emocionada por la noticia.

Lincoln escondió su pánico inicial bien y para el momento en que los gemelos nacieron, ellos lo manejaron juntos como si fueran profesionales.

También ayudó que Harper todavía recibía algunas regalías de su carrera en el cine y ellos podían pagar a una niñera para que los ayudara con los gemelos.

Un golpe firme resonó a través de la puerta principal.

——¡Un segundo! ——Grité, sosteniendo a Olivia en mis brazos. Ella era más bonita que cualquier calabaza que haya visto en mi vida.

Di un vistazo a través de la mirilla y me sorprendí al ver al sheriff Nelson del otro lado.

Desactivé la alarma y abrí la puerta principal para recibirlo.

——Sheriff, no esperaba verlo ——dije.

——Quería darte la noticia en persona.

Era mejor que fuera una buena noticia. No podía manejar nada terrible.

——¿Sí? ——Pregunté. Mi boca se secó, como si estuviera sediento.

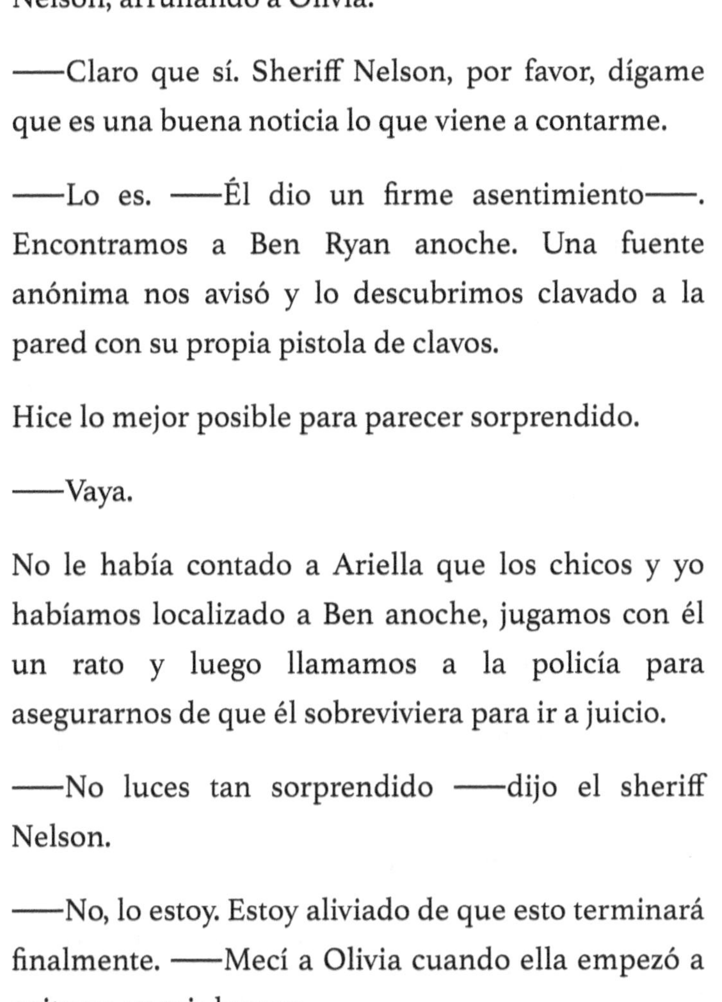

—¿Es esta tu pequeña? —Preguntó el sheriff Nelson, arrullando a Olivia.

—Claro que sí. Sheriff Nelson, por favor, dígame que es una buena noticia lo que viene a contarme.

—Lo es. —Él dio un firme asentimiento—. Encontramos a Ben Ryan anoche. Una fuente anónima nos avisó y lo descubrimos clavado a la pared con su propia pistola de clavos.

Hice lo mejor posible para parecer sorprendido.

—Vaya.

No le había contado a Ariella que los chicos y yo habíamos localizado a Ben anoche, jugamos con él un rato y luego llamamos a la policía para asegurarnos de que él sobreviviera para ir a juicio.

—No luces tan sorprendido —dijo el sheriff Nelson.

—No, lo estoy. Estoy aliviado de que esto terminará finalmente. —Mecí a Olivia cuando ella empezó a agitarse en mis brazos.

¿Mi hija recién nacida había sentido mi frustración y la rabia que sentía hacia Ben? No había querido preocupar a Ariella; era esa la razón por la cual no le había dicho que lo localizamos en un cobertizo en el que había estado viviendo, justo al lado de nosotros.

Él estaba viviendo en el cobertizo de la antigua residencia de Ariella.

¿Había estado acosándonos? ¿Esperando el momento indicado para llevarse a nuestras hijas o herir a mi prometida? Me rehusé a quedarme sentado y esperar a que él nos arruinara la vida, de nuevo.

—Él ha sido arrestado y acusado de secuestro, poner en peligro la vida de una niña, intento de asesinato, trata de blancas a través de las fronteras estatales y la lista sigue —dijo el sheriff.

—Solo me alegro de que finalmente dieran en el clavo y lo encontraran.

La ceja del sheriff se alzó.

—Realmente espero que no estuvieras involucrado, Monroe.

—Estoy seguro de que le preguntó a Ben y este le dijo la verdad.

El sheriff Nelson rodó los ojos.

—Como siempre lo hacen. En fin, he hablado con Skylar Monroe, Hazel Agron y Harper Madison. Todas estuvieron de acuerdo en testificar en contra de Benjamín Ryan. Tu esposa, Ariella Monroe, fue secuestrada en dos ocasiones por Ben. Su testimonio ayudará bastante a mantenerlo tras las rejas indefinidamente.

—Lo haré —dijo Ariella mientras rodeaba la esquina desde el pasillo hacia la sala de estar.

No la había escuchado entrar. Mierda. ¿Había escuchado como lo encontraron? ¿Clavado a la pared?

—¿Estás segura? —Miré de vuelta a Ariella.

—Si, necesito asegurarme de que él nunca vuelva a ver la luz del día fuera de la prisión de nuevo.

Estaría ahí para apoyar a Ariella desde principio a fin.

—Está bien. ¿Qué hay de Enzo Ricci? —Le pregunté al sheriff—. ¿Se ha sabido algo de él?

Si bien tuve que dar una declaración junto a los chicos de *Eagle Tactical* sobre Ángelo y Sergio DeLuca, Enzo también había estado involucrado. Él le había entregado mi hermana a Ángelo sin su consentimiento y había provocado esta serie de eventos desastrosos.

—Él se ha ido. Por lo que puedo decir, está desaparecido. Dejó el pueblo y nadie lo ha visto o ha escuchado de él. O al menos, nadie quiere hablar de ello. Sospechamos que hay juego sucio de por medio. Es posible que uno de los hombres de DeLuca se haya cruzado con él y lo haya matado, pero no hemos encontrado ningún cuerpo y no hay una escena del crimen aparente.

—Él sigue por ahí —dijo Ariella, cruzándose de brazos.

—No me preocuparía por ello. Él sabe que el sheriff de la localidad y los federales lo andan buscando. Si él es inteligente, habrá dejado el pueblo y se habrá ido a otro país que no tiene un tratado de extradición. Los federales marcaron su pasaporte, pero un tipo como él no toma vuelos comerciales.

Basándome en la conversación que Jayden había tenido con Dante, sospechaba que Enzo estaba muerto.

La mafia sabía cómo cubrirse las espaldas y destruir evidencia.

Nadie nunca volvería a encontrar a Enzo.

—¿Qué pasa con la red de trata de blancas? —Pregunté.

Habíamos entregado la información que obtuvimos y los testimonios de los testigos presenciales: Ariella, Hazel y Jayden, lo cual era suficiente para sacar a la familia DeLuca del negocio.

Dante Ricci seguía en libertad, pero él había jurado que había llevado sus actividades de negocio hacia una dirección diferente. Olivia comenzó a agitarse y Ariella intervino para tomarla de mis brazos y alimentarla.

—No ha habido más cargamentos entrando y saliendo de Breckenridge. Tenemos a los federales vigilando a Gino DeLuca y a Dante Ricci. Si uno de ellos mete la pata, y es una cuestión de tiempo hasta que lo hagan, atraparemos sus traseros.

—Gracias —dije, aliviado de escuchar que todo esto quedaría atrás finalmente.

La mafia probablemente seguía lavando dinero, vendía drogas o armas, pero al menos no vendía gente.

Acompañé al sheriff afuera y cerré la puerta con llave tras él, activando la alarma de nuevo. Nunca se podría estar demasiado seguro.

—¿Estás segura de que quieres testificar en contra de Ben? —Pregunté.

Ariella se había sentado en el sofá para alimentar a nuestra pequeña que sostenía entre sus brazos.

—No veo otra opción. Necesito mantener a mi familia a salvo y la mejor manera de hacer eso es que ese bastardo esté encerrado tras las rejas.

Izzie bajó de las escaleras de dos en dos, saltando como un canguro antes de correr para sentarse junto a su hermanita.

—Mamá, ¿qué es un bastardo? —Preguntó Izzie.

Mierda.

Algunas cosas nunca cambian.

Gracias por leer Encubierta: Jayden. Espero que hayas disfrutado de toda la serie de *Eagle Tactical.*

¿Quieres leer más sobre Dante y la familia Ricci?

Voto Secreto, el primer libro de la serie Matrimonios de la Mafia, es aún más caliente y oscura, pero ¡cada libro promete un final feliz!

Incluso habrá una participación especial de uno e los personajes principales de la serie de *Eagle Tactical.* Pero no te preocupes, prometo no arruinar sus finales felices.

¡REGALOS, LIBROS GRATIS Y MÁS!

Espero que hayas disfrutado de Encubierto: Jayden.

Aunque esta es mi primera serie como Willow Fox, he publicado libros desde el 2013.

No olvides suscribirte a mi Boletín de Noticias: www.authorwillowfox.com/subscribe

Si disfrutaste Encubierto: Jayden, por favor no te olvides de dejar una reseña. Las reseñas ayudan a otros lectores a encontrar mis libros.

¿No estás seguro de qué escribir? No hay problema. No tiene que ser una reseña larga. Puedes compartir como encontraste mi libro: ¿Te lo recomendó un amigo o un club de lectura? Déjale saber a los lectores cuál es tu personaje favorito o lo que te gustaría que sucediera después. ¿Lees frecuentemente historias con un "felices para siempre"? ¿Qué te parece el "felices por ahora"? (espero que satisfecho, pero ¡prometo que la serie terminará con un "felices para siempre"!)

¡Gracias por leer el libro! Espero que consideres unirte a mi lista de correo para que puedas conseguir libros gratis, promociones, regalos y noticias de nuevos lanzamientos.

ACERCA DE LA AUTORA

Willow Fox ha amado escribir desde que estaba en la secundaria (muchos años atrás). Sus romances situados en una pequeña localidad son reflejo de vivir en un pueblo rural de los Estados Unidos.

Ya sea que esté escribiendo un romance o se siente junto a una fogata a leer un buen libro, Willow ama la magia que conlleva la palabra escrita. Ella sueña con alguien que venga a conquistarla y ¡espera poder hacer eso con sus lectores!

Visita su página web: https://authorwillowfox.com

LIBROS DE WILLOW FOX

Serie Táctica Águila

Expuesto: Jaxson

Sigilo: Mason

Oculto: Lincoln

Encubierto: Jayden

Matrimonios de la Mafia

Voto Silencioso

Voto Cautivo

Voto Salvaje

Voto Involuntario

Voto Despiadado

Otros títulos de libros románticos disponibles en inglés, francés, alemán e italiano en shopwillowfox.com.

www.ingramcontent.com/pod-product-compliance
Lightning Source LLC
Chambersburg PA
CBHW031155050726
47495CB00019B/1753

9798886371031